Vom selben Autor
in der Reihe der
ULLSTEIN BÜCHER

Drei Drachmen für seinen Kopf (1354)
Und dann verschwand er mit dem Geld (1392)
Tote Kunden meckern nicht (1412)
Mord – und die Kasse stimmt (1419)
Stirb schöner im Grünen (1422)

EMMA LATHEN

DOLLARS FÜR DEN KARDINAL

KRIMINALROMAN

ULLSTEIN BÜCHER

ULLSTEIN BUCH NR. 1452
IM VERLAG ULLSTEIN GMBH, FRANKFURT/M – BERLIN – WIEN
Titel der amerikanischen Originalausgabe
ASHES TO ASHES
Übersetzt von Felicitas Feilhauer

ERSTMALS IN DEUTSCHER SPRACHE
im Verlag Ullstein GmbH, Frankfurt/M – Berlin – Wien

Printed in Germany 1972 · Gesamtherstellung Ebner, Ulm
ISBN 3 548 01452 6

1

Die Wall Street ist der größte und leistungsfähigste Markt der Welt. Für gewöhnlich werden Millionentransaktionen reibungslos und ohne Schwierigkeiten getätigt, aber selbst dynamische junge Manager müssen zugeben, daß es auch in Wall Street mitunter Abweichungen von der Perfektion gibt. Und diese Situation war eingetreten. Der Dow-Jones-Index fiel um dreißig Punkte.

Es war John Putnam Thatchers private Theorie, daß in Zeiten stark fallender Börsentendenz die ganze Finanzgemeinde zeitweise leicht verrückt wurde. Aufträge wurden nicht erledigt; Syndikate stürzten wie Kartenhäuser zusammen. Dem Alkohol sonst zugetane Männer rührten keinen Tropfen mehr an, und Abstinenzler gossen plötzlich vor dem Essen vier Martinis hinter die Binde. Jedesmal wenn etwa vierhunderttausend Aktien, die sonst zu Höchstpreisen gehandelt wurden, unter der Hand verkauft werden mußten, entwickelten buchstäblich alle Kollegen Thatchers alarmierende Anzeichen von Geistesverwirrung.

John Putnam Thatcher war Vizepräsident der Sloan Guaranty Trust, der drittgrößten Bank der Welt, mit deren Mitteln und Möglichkeiten sich nur die großen Supermächte messen konnten.

Thatcher kehrte soeben vom Lunch zurück, den er mit Stanton Carruthers, dem Teilhaber der renommierten Anwaltsfirma Carruthers & Carruthers eingenommen hatte. Er war bereit, sich von neuem in den Kampf zu stürzen, und vorbereitet auf qualvolle Aufschreie seiner sämtlichen Untergebenen. Er war auf rapide Verschlechterung im Investment Department vorbereitet, ja selbst apokalyptische Visionen der Abteilung Kommerzielle Kredite hätten ihn nicht aus der Ruhe gebracht.

Was er allerdings nicht erwartet hatte, war die gerichtliche Vorladung, die er auf seinem Schreibtisch fand. *»Francis P. Omara gegen Joseph Kardinal Devlin«*, las er laut. »Was, in Dreiteufelsnamen . . .«

Seine Sekretärin, Miss Corsa, die eine gläubige Tochter ihrer Kirche war, sah ihn mißbilligend an.

Thatcher hatte das Gefühl, sich verteidigen zu müssen. »Ich habe keine Ahnung, was das bedeuten soll, Miss Corsa. Haben wir irgendwelche Memos in dieser Sache?«

»Ich glaube nicht«, erwiderte sie kalt. Es hätte eigentlich nicht notwendig sein sollen, ihn daran zu erinnern, daß Memos über eine Zivilklage gegen seine Eminenz, den römisch-katholischen Erzbischof von New York, wohl kaum ihrer Aufmerksamkeit entgangen wäre. Nichtsdestoweniger blätterte sie schnell durch die Akten, die George C. Lancer, Aufsichtsratsvorsitzender der Sloan, Thatcher zur Kenntnisnahme geschickt hatte.

»Nein, Mr. Thatcher«, verkündete sie nach wenigen Augenblicken. »Soll ich mich nochmals umhören?«

»Bitte tun Sie das«, sagte Thatcher höflich.

Miss Corsa kehrte mit Informationsmaterial und einer Reihe von Terminen zurück, die sich mit bereits vereinbarten überschnitten. Aber da Miss Corsa ein ausgeprägtes Gefühl für Prioritäten besaß, sah Thatcher, daß zumindest sie die Sache Francis P. Omara gegen Joseph Kardinal Devlin für beachtenswerter hielt als den drohenden Zusammenbruch des Aktienmarktes. »Die Sloan«, verkündete sie als Einleitung zu ihrem Bericht, »finanziert den Kauf einer Pfarreischule, St. Bernadette in Flensburg. Mr. Llewellyn von der Grundstücksabteilung befindet sich bereits auf dem Weg zu Ihnen. Die Rechtsabteilung wird Sie um drei Uhr unterrichten. Und Public Relations melden sich, sobald sie die Unterlagen haben . . .«

Wie vorauszusehen gewesen war, konnte weder die Grundstücks- noch die Rechtsabteilung die Prägnanz und Kürze von Miss Corsas Formulierung überbieten. Dennoch gelang es Thatcher durch unbarmherzige Eliminierung, den Unterlagen einige Fakten zu entnehmen. Die Sloan war in der Tat in den Ankauf der St.-Bernadette-Pfarreischule verwickelt. Und zwar auf eine Weise, die der Grundstücksabteilung durchaus nicht behagte.

Die Erzdiözese von New York hatte der Unger Realty Corporation ein Grundstück in Queens zum Kauf angeboten. Auf diesen dreißigtausend Quadratmetern beabsichtigte die Unger Realty, ein alter und geschätzter Kunde der Sloan, einen Komplex von Apartmenthochhäusern zu errichten. Die Sloan gewährte die Hypothek in Höhe von vier Millionen Dollar. Sloanexperten, von Architekten bis Taxatoren, hatten die Sache auf Herz und Nieren geprüft.

»Erstklassige Lage, nahe der Untergrundbahn«, sagte Llewellyn. »Die Nachbarschaft ist nicht mehr das, was sie einmal war, so daß die Kosten nicht übermäßig hoch sind. Und wenn Unger fertig ist, wird es dort eine beachtliche Wertsteigerung geben. Alles in allem ein gutes Geschäft.«

»Hört sich ganz so an«, sagte Thatcher. »Aber was haben wir dann mit dieser Klage zu tun, Llewellyn? Und worum handelt es sich dabei überhaupt?«

»Eltern!« sagte Stetson von der Rechtsabteilung. »Es gibt eine Gruppe von Eltern, die gegen die Schließung der Schule protestieren. Ich habe gerade Ericson angerufen. Er hat eine gerichtliche Verfügung gegen den Verkauf des Grundstücks beantragt. Ich habe keine Ahnung von Religionsgesetzen, aber er greift die Theorie an, daß eine Pfarreischule dem Erzbischof gehört. Wir sind als Zeugen vorgeladen.«

»Ericson?« erkundigte sich Thatcher.

Willard Ericson vertrete den Elternverband, erklärte Stetson und fügte dann hinzu: »Ericson ist einer von Carruthers Partnern.«

»Hm«, sagte Thatcher.

»Das gibt als einziges Anlaß zu der Vermutung, daß vielleicht etwas dahintersteckt«, sagte Stetson leichthin. »Diese Art von Prozessen wird sonst gewöhnlich von ein paar Irren mit einem ehrgeizigen Rechtsanwalt geführt, der sich einen Namen machen will. Gott weiß, wieso Ericson die Sache übernommen hat.«

Miss Corsa sah die Lage der Dinge wesentlich ernster. Kaum hatte sich Thatchers Büro geleert, war sie auch schon zurück.

»Die Public-Relations-Leute haben noch nichts gefunden«, sagte sie.

»Sie überraschen mich«, erwiderte Thatcher.

Aber Miss Corsa ließ sich nicht ablenken. »Miss Bellotti von der Statistik kommt aus Flensburg«, berichtete sie ihrem Arbeitgeber.

»Aha«, sagte Thatcher. Es war gut zu wissen, daß sich die Informationsquellen der Sloan nicht nur auf deren überbezahlte Abteilungsleiter beschränkten. »Und was sagt Miss Bellotti?«

Er hörte Miss Corsas Wiedergabe von Miss Bellottis Version. Miss Bellotti, ziemlich neu bei der Sloan, war offenbar außerstande gewesen, direkt zu berichten. Sie war, wie Thatcher Miss Corsas Bemerkungen entnehmen zu können glaubte, ein albernes junges Ding.

Flensburg im Bezirk Queens war von Manhattan mit der

Untergrundbahn in fünfunddreißig Minuten zu erreichen. Zwar konnte es sich mit Manhattan nicht messen, war aber noch immer eine Gemeinde von bescheidenem Wohlstand. Seit Generationen trugen die Kirche St. Bernadette und die St. Bernadette School zum Gemeindesinn bei. »Herrje«, hatte Miss Bellotti gesagt, »ich bin selbst auf diese Schule gegangen.«

»Verstehe«, sagte Thatcher.

Vor vier Monaten hatten nun die Kirchenbehörden verkündet, daß die steigenden Kosten und die schlechte finanzielle Lage die Schließung der Schule zum Schuljahrsende erforderlich machten. Die ganze Gemeinde bedauerte diesen Entschluß. Erst eine Woche später wandelte sich das Bedauern in Verärgerung. Zu diesem Zeitpunkt hatte nämlich die Erzdiözese verkündet, daß die Unger Realty St. Bernadette zu kaufen beabsichtigte, die Gebäude abreißen und ein zwanzigstöckiges Apartmenthaus errichten wollte.

»Das«, hatte Miss Bellotti fröhlich berichtet, »hat die Leute gewaltig auf die Palme gebracht!«

Anfängliche Proteste verstärkten sich. Sofort bildete sich eine Interessengemeinschaft. Abend für Abend fanden Elternversammlungen statt. Während der Hauptverkehrszeiten verteilten Leute an den Ausgängen der Untergrundbahn Handzettel.

Da es im Bezirk von Flensburg weder Colleges noch Universitäten gab, war dies die erste organisierte Protestaktion, deren Zeuge die Gemeinde wurde. Es war, so hatte Miss Bellotti sich ausgedrückt, richtig aufregend.

»Ich danke Ihnen«, sagte Thatcher, als Miss Corsa fertig war.

»Stets zu Ihrer Verfügung«, sagte Miss Corsa spröde. Im übrigen warte ein Anruf von Mr. Unger.

Thatcher beobachtete ihren Abgang mit hochgezogenen Augenbrauen. Er hatte nichts dagegen, daß Miss Corsa gelegentlich über ihn bestimmte, aber er war sich ganz und gar nicht sicher, daß dies die rechte Gelegenheit dazu war. Es war unwahrscheinlich, daß die Klage gegen die römisch-katholische Kirche diese ehrwürdige Einrichtung in die Knie zwingen würde. Miss Corsa hatte Mr. Ungers Gespräch jedoch schon durchgestellt, und Thatcher sah sich gezwungen, sich Miss Corsas Entscheidung zu fügen.

»Dad ist in Jamaica«, sagte die Stimme aus dem Hörer. »Ich habe die St.-Bernadette-Sache übernommen.«

Thatcher war ›Dad‹ schon begegnet. Unger senior war ein aggressiver Grundstücksmakler, der ein kleines Geschäft zu einer der größten Firmen New Yorks aufgebaut hatte. Seine Methoden hatten ihm Vergleiche mit einem ungeschliffenen Diamanten eingebracht. Wäre er weniger erfolgreich gewesen, hätte die Beschreibung anders ausgesehen. Der Sohn war, soweit Thatcher sich erinnern konnte, kein ungeschliffener Diamant.

»Ja, es war uns bekannt, daß es Schwierigkeiten geben könnte«, fuhr Dick Unger fort. »Aber wir haben nicht erwartet, eine Vorladung zu bekommen!«

Thatcher gab zu, daß dies ungewöhnlich war.

Dick Unger schien verwirrt. »Wissen Sie, ich habe selbst mit Frank Omara gesprochen. Er ist der Vorsitzende dieses Elternverbandes. Man sollte annehmen, daß er die Lage besser versteht als die anderen. Er hat nämlich ein Bestattungsinstitut.«

»Einträgliche Branche«, bemerkte Thatcher.

»Stimmt«, sagte Unger. »Er sollte einsehen, daß die Gemeinde es sich wirklich nicht länger leisten kann, die Schule zu unterhalten. Und da sie dazu nun mal nicht in der Lage ist, wäre sie doch verrückt, ein gutes Angebot für das Grundstück abzulehnen. Die Sache sähe anders aus, wenn wir dort eine Fabrik bauen wollten, aber so steigt der Wert der umliegenden Grundstücke doch gewaltig.«

Thatcher gab zu, daß dies ein einfache logische Schlußfolgerung sei, und erkundigte sich, wieso Francis Omara ihr nicht folgen könne.

Damit entlockte er Unger nur ein ersticktes Stöhnen. »Das weiß ich wirklich nicht«, antwortete der Makler verwirrt. »Er fängt dann jedesmal an, von katholischer Erziehung zu reden – und da kann *ich* nicht folgen!«

Thatcher wies den jungen Mann nicht darauf hin, daß dies tiefe Wasser waren. Statt dessen erkundigte er sich nach Ungers Situationsbeurteilung.

»Wir rechnen noch immer damit, daß der Kauf abgeschlossen wird«, sagte Unger, und in seiner Stimme schwang eine Spur der Grobheit seines Vaters mit. »Und wenn wir mit dem Bau fertig sind, hoffen wir, daß die ganze Sache bald der Vergangenheit angehört. Ich glaube nicht, daß eine Klage gegen den Kardinal uns lange aufhalten wird. Sie?«

»Nein, es sei denn, sie haben noch ein As im Ärmel«, antwortete Thatcher.

Er beabsichtigte, St. Bernadette damit aus seinem Gedächtnis zu verbannen und sich auf dringendere Dinge zu konzentrieren. Aber Miss Corsa war noch nicht mit ihm fertig.

»Mr. Ericson«, verkündete sie, »wird sich morgen im *Coachman* zum Lunch mit Ihnen treffen.«

Thatchers schweigende Mißbilligung erschütterte sie nicht.

»Miss Corsa«, sagte er feierlich, »sollte irgend jemand in dieser Bank künftig noch meinen Rat über irgend etwas anderes als diese Pfarreischule wünschen, dann seien Sie doch bitte so gut, ihn an Mr. Trinkham zu verweisen.«

Ohne mit der Wimper zu zucken, versicherte Miß Corsa, daß sie dafür sorgen werde.

Thatcher hatte das ungute Gefühl, daß Miss Corsa wieder einmal weiter sah als er.

2

Der nächste Tag bescherte Thatcher einen Lunch mit Willard Ericson im *Coachman*. Schon wenige Minuten nach der Begrüßung war Thatcher sich im klaren darüber, wie er diesen Mann einzuschätzen hatte. Ericson war ein Fanatiker, wenn auch der äußeren Erscheinung nach ein konservativer Wall-Street-Rechtsanwalt. Aber es lag etwas in seinem verbissenen, zielstrebigen Blick, das Thatcher auf der Hut sein ließ. Ein religiöser Wirrkopf hatte ihm gerade noch gefehlt.

Aber als sie zum Roastbeef vorgedrungen waren, hatte Thatcher seine Ansicht über Ericson revidiert. Ihm wurde klar, daß Ericsons Leidenschaft sich auf die rein rechtlichen Implikationen des Verkaufs von St. Bernadette beschränkte.

». . . Gesetz über die Religionsgemeinschaften«, sagte er gerade und spießte fröhlich eine Kartoffel auf.

»Interessant«, sagte Thatcher. Um bei der Wahrheit zu bleiben, war das Gesetz über Religionsgemeinschaften so ziemlich das letzte, wofür Thatcher Interesse aufbringen konnte.

»Sagen Sie«, fügte er hastig hinzu, bevor Ericsons Redefluß ihn von neuem überflutete, »hat diese Klage irgendeine Aussicht auf Erfolg? Schließlich gehört dieses Grundstück, soweit ich es mitbekommen habe, tatsächlich der Erzdiözese.«

»Ah!« ereiferte sich Ericson laut genug, um Aufmerksamkeit an den benachbarten Tischen zu erregen. »Das ist genau der Punkt, den wir einer Untersuchung unterziehen müssen. Einer sehr eingehenden Untersuchung. Vielleicht erinnern Sie sich an den Fall der russisch-orthodoxen Kathedrale in Buffalo?«

Trotz energischer Versicherung des Gegenteils prasselte Ericsons Wortschwall auf ihn nieder. Offenbar beabsichtigte Ericson sowieso jeglichen Kommentar als Aufhänger für eine Vorlesung über esoterische Stellen des Gesetzes über Religionsgemeinschaften zu benutzen. Thatcher glaubte bereits absehen zu können, daß eine Kombination dieser juristischen Virtuosität mit Miss Bellottis Fanatismus Schwierigkeiten mit sich bringen würde.

Und eine Vier-Millionen-Dollar-Hypothek blieb eine Vier-Millionen-Dollar-Hypothek.

»Was war das?« bellte Ericson. Die einzige Möglichkeit, zu Worte zu kommen, war Ericson zu überfahren. Thatcher wiederholte seine Frage.

»Ja, in der Tat«, sagte Willard Ericson eifrig. »Wir haben gute Gründe anzunehmen, daß wir den Verkauf für unsere Zwecke lange genug hinauszögern können.«

»Was«, erkundigte sich Thatcher, »waren diese Zwecke?«

»Den Verkauf an Unger zu verhindern«, sagte Ericson. »Wenn die Sache zu lange hinausgeschoben wird, muß Unger sich woanders umsehen. Und das wird der ganzen Lage ein anderes Gesicht geben. Ich halte es für wahrscheinlich, daß die Gerichte ...«

Um dem Mann Gerechtigkeit widerfahren zu lassen, muß gesagt werden, daß er ohne eine Spur von Boshaftigkeit seinen Plan umriß, wie er der römisch-katholischen Kirche, Unger Realty und der Sloan Guaranty Trust einen dicken Strich durch die Rechnung machen wollte.

»Und Ihre – hm – Klienten?« schaltete Thatcher sich wieder ein. »Wird eine bloße Verzögerung sie schon befriedigen?«

»Oh, ich glaube schon«, sagte Ericson vage und offenbar ohne rechte Einsicht in die Probleme der Gemeinde St. Bernadette und seiner aufrührerischen Eltern. »Eines kann man jedenfalls sagen: es mangelt ihnen nicht an Entschlossenheit.«

»Großartig«, meinte Thatcher herzlich. Er war stets bereit, seinen Erfahrungsschatz zu erweitern. Aber es war eine Schande, daß er mit Ericson in der Wall Street saß.

Der Schauplatz der Handlung, oder dies hatte Ericson ihn zumindest glauben gemacht, lag woanders.

In Flensburg.

In Flensburg gab es keine Zweifel daran, was der Elternverband beabsichtigte. In diesem Augenblick war Mrs. Patricia Ianello, eines seiner Mitglieder, ernsthaft dabei, die Situation zu schildern. Sie saß hinter einem mitgenommenen Holzschreibtisch im Büro eines kleinen Ladens.

»Nein, Sheila«, sagte sie in rasch zunehmender Verzweiflung, »das hat nichts mit dem Zölibat zu tun. Wirklich nicht! Warum kannst du mir nicht mal einen Augenblick zuhören?«

»Und dann diese ganzen Änderungen in der Heiligen Messe.« Ihr Gegenüber zog es vor, sich zu beklagen statt zuzuhören. »Ich mochte die Messe, wie sie war. Ich verstehe nicht, wieso die Leute immer alles ändern müssen.«

»Aber wir wollen doch gar nichts ändern.« Pat war den Tränen nahe. Wild blickte sie über den Schreibtisch. Sie hatte mit Sheila MacDonald dieselbe Klasse von St. Bernadette besucht. Jetzt hatten sie beide Kinder in der ersten Klasse. In den dazwischenliegenden zwanzig Jahren hatte sie noch nie das Bedürfnis verspürt, Sheila zu erwürgen.

»Paß auf Sheila, es ist alles ganz einfach«, sagte sie langsam. »Du und ich, wir sind beide in St. Bernadette gewesen, nicht wahr?«

Sheila runzelte die Stirn, betrachtete die Frage aus jedem möglichen Blickwinkel und nickte dann zögernd.

»Und jetzt wollen wir, daß Betty und Kevin auch hingehen, nicht wahr?«

Dieselbe behutsame Zustimmung.

»Also«, schloß Pat triumphierend, »wollen wir gar keine Veränderung. Wir wollen alles so lassen, wie es ist. Und du stehst auf derselben Seite wie der Elternverband!«

Sheila blickte erschrocken, aber nicht ausgesprochen feindlich drein.

»Also gibt es auch keinen Grund, warum du unsere Petition nicht unterschreiben solltest.« Pat brachte ein großes Blatt Papier mit zwei kleinen Absätzen am oberen Ende und Hunderten von Unterschriftslinien zum Vorschein. Gleichzeitig hielt sie einladend einen Stift über den Schreibtisch.

Sheila ballte die Hände verteidigend zu Fäusten und sagte, Dan wolle nicht, daß sie irgend etwas unterschriebe. Außerdem wolle sie sich nicht gegen die Kirche wenden.

»Das richtet sich doch nicht gegen die ...« begann Pat und hielt dann plötzlich inne. Sie holte tief Luft und zwang ein Lächeln auf ihr Gesicht. »Vielleicht solltest du eines unserer Flugblätter für Dan mit nach Hause nehmen. Ich bin sicher, daß er uns unterstützen wird, sobald ihm klar wird, daß Kevin vielleicht nicht mehr nach St. Bernadette gehen kann.«

Sheila akzeptierte die vervielfältigte Broschüre, blieb aber noch lange genug unter der Tür stehen, um skeptisch zu verkünden, daß Dan nicht gerne lese. Dann tauschte sie Grüße mit einer eintretenden Frau und verließ den Laden.

»Na, Pat, wie ist es gelaufen?« erkundigte sich die Hinzugekommene.

Zur Antwort streckte Pat sich nach hinten über die Lehne ihres Stuhls und gähnte lange und laut. Dann klappste sie sich scharf auf den Bauch und ließ sich über den Schreibtisch fallen. »Uff!« verkündete sie.

Mit ihrer zierlichen, knabenhaften Figur und dem rosigen, sommersprossigen Gesicht sah Pat Ianello kaum alt genug aus, um einem Elternverein anzugehören. Sie fuhr mit der Hand durch ihr glattes, hellbraunes Haar, bevor sie antwortete: »Entweder kann ich nicht erklären, oder die Leute in dieser Gemeinde sind wesentlich dümmer, als mir bisher aufgefallen ist.«

Mary Foster war belustigt.

»Das Gefühl hast du jetzt, Pat, weil es dein erster Versuch ist, etwas zu organisieren. Du wirst dich daran gewöhnen.«

»Ich bin gar nicht sicher, ob ich das überhaupt will«, sagte Pat offen.

»Na, na«, war die Antwort. »Es ist doch kein Verbrechen zuzugeben, daß die Leute in Gruppen dümmer sind, als wenn man sie einzeln nimmt.«

»Lehrt dich das die Politik?«

»Politik!« sagte Mary Foster verächtlich vom Waschbecken her, wo sie eine Kaffeekanne füllte. »Ein verlorener Wahlkampf um einen Sitz im Stadtrat macht aus mir noch keine Politikerin.«

Pat grinste. Sie wußte, daß diese Bescheidenheit nur vorgetäuscht war. Mary Foster war eine mächtige, gesund aussehende Frau voll überströmender Vitalität. Mit zweiundvierzig kam sie gerade erst richtig in Schwung.

»Mach dir nichts draus. Ich wette, daß du das nächstemal gewinnst.«

»Ich würde es am liebsten von hier machen. Das war mein Wahlkampfhauptquartier, mußt du wissen.« Mary sah sich in dem improvisierten Büro um. »Bis jetzt ist es nur eine Heimstatt vergeblicher Hoffnungen.«

Pat richtete sich auf. »Wie meinst du das, vergebliche Hoffnungen?« fragte sie wachsam. »Glaubst du etwa, daß wir St. Bernadette nicht retten können? Erinnerst du dich, was Mr. Ericson gesagt hat?«

»Spring mir nicht gleich an die Kehle. Wir werden die Schule nicht für immer retten können, das habe ich gemeint. Auch nicht mit Ericson auf unserer Seite. Zwei oder drei Jahre ist alles, worauf wir hoffen können. Und um ehrlich zu sein – mit meinem Jüngsten in der fünften Klasse ist das alles, was ich brauche.«

»Zwei oder drei Jahre.« Pat überlegte. »Betty ist natürlich erst in der ersten, und Eddie hat noch nicht mal angefangen, aber Sal glaubt, daß er in zwei Jahren eine neue Filiale bekommt, und dann müssen wir wahrscheinlich sowieso umziehen. Sal sagt, daß es sinnlos ist, weiter in die Zukunft zu planen.«

Wie jeder, der mit Pat zu tun hatte, war Mary Foster an das Zitieren von Salvatore Ianellos Ansichten gewöhnt.

Pat startte geistesabwesend aus dem Fenster. »Das Büro hat wirklich eine sehr günstige Lage. Man kann genau über die Straße sehen.«

Mary drehte sich um und folgte ihrem Blick. Vor ihnen lagen die sichtbaren Symbole römisch-katholischer Präsenz in Flensburg – die Kirche selbst, flankiert vom Pfarrhaus und der Pfarreischule, dazu jenseits des Sportplatzes das kleine Kloster, in dem die Nonnen wohnten, die in der Schule unterrichteten. Eine Aussicht, die beide schon unzählige Male gesehen hatten, dachte Mary. Warum lenkte sie jetzt die Aufmerksamkeit darauf?

»Willst du damit sagen, du kannst unserem Feind ins Auge sehen?« fragte sie unbehaglich. »Aber du *magst* doch St. Bernadette?«

Pat hob die Schultern, als wolle sie einen Zauber abschütteln. Dann ertönte ihr klares Lachen.

»Natürlich. Ich wollte sagen, daß man sehen kann, wann die Schule aus ist. Wie jetzt. Ich muß Betty abholen. Adieu, es wird Zeit, daß ich wieder an die Arbeit gehe.«

Natürlich hatten die meisten Mitglieder des Elternverbandes von St. Bernadette den ganzen Tag gearbeitet. Francis Omara hielt sich allerdings nicht an einen festen Stundenplan. Wie es sich für den Besitzer von Flensburgs größtem Bestattungsunternehmen ziemte, konnte er sich reichlich freie Zeit für Ferien, Golf und Familienausflüge nehmen. Im Augenblick jedoch, distinguiert und Ruhe ausstrahlend im dunkelgestreiften Anzug, verließ er ein Haus, wo er die Arrangements für ein Begräbnis besprochen hatte. An seiner Seite schritt der neueste Seelsorger der Gemeinde.

»Nun, das war's«, sagte er lebhaft. »Gehen Sie in meine Richtung, Hochwürden?«

Nicht etwa, daß sein Beruf Omara herzlos gemacht hätte. Aber der Tod hatte gerade eine dreiundneunzigjährige Großmutter ereilt. Zurschaustellung von Erschütterung und Trauer wäre fehl am Platze gewesen. Aber dem Kaplan, der frisch vom Seminar kam, wollte die passende Haltung nicht so recht glücken.

»Die Familie trägt es sehr tapfer«, sagte er mit einer Stimme, die selbst in seinen Ohren affektiert klang.

Omara grinste. »Die meisten Leute sind ziemlich realistisch«, meinte er und schritt elastisch aus. »Mein Wagen steht zwei Ecken weiter oben.«

»Meiner auch.« Der jüngere Mann hatte Mühe, Schritt zu halten. Außerdem bedauerte er dieses Grinsen. Er wollte ernsthaft reden und hatte gehofft, daß der Todesfall die rechte Atmosphäre dazu schaffen würde.

Er nahm allen Mut zusammen und fuhr fort: »Ich weiß, daß Sie dem Elternverband angehören, Mr. Omara. Ich glaube, ich sollte Ihnen sagen, daß ich Ihre Unternehmungen nicht billige.«

Francis Omara war zwanzig Jahre älter als der Kaplan und hatte sein ganzes Leben in Flensburg verbracht. Der Tadel des neu angekommenen Priesters überwältigte ihn nicht. Im Gegenteil, es bestand die Gefahr, daß seine Belustigung zu offensichtlich wurde. Er dachte an die Höflichkeit, die er dem geistlichen Stand schuldig war, hob fragend eine Augenbraue und sagte nüchtern: »Ich bedaure, daß Sie das sagen, Hochwürden. Hoffentlich glauben Sie uns, daß wir nur das Richtige zu tun versuchen.«

Wie die meisten seiner Altersgenossen stand Father James den moralischen Beteuerungen aller Leute über Dreißig skeptisch gegenüber.

»Gerade das kann ich nicht glauben«, brach es aus ihm hervor. »Nicht, daß ich etwas gegen die Beteiligung von Laien an der Kirchenpolitik hätte. Wäre dies eine Gewissensfrage, würde ich als erster dafür stimmen. Aber dieses ganze Gerede über die Notwendigkeit einer katholischen Erziehung, obwohl jeder genau weiß, daß sie ihre Kinder nur nicht mit Schwarzen in eine Schule schicken wollen . . . Es ist diese Heuchelei, die mich erregt.«

Bestattungsunternehmer lernen es zwangsläufig, mit Gefühlsausbrüchen fertig zu werden. Omaras Herzlichkeit blieb ungeschwächt.

»Na, na, Hochwürden. So schlimme Sünder sind wir doch alle nicht«, sagte er in leichtem Ton. »Ich selbst bin ein wohlhabender Mann und nicht auf öffentliche Schulen angewiesen. Aber ich möchte, daß meine Kinder nach St. Bernadette gehen. Sie haben recht, es ist nicht nur eine Sache der katholischen Erziehung. Es ist auch eine Frage des Gemeinwesens.«

Father James hat nicht beabsichtigt, das Gespräch so laufen zu lassen. Er hatte sich selbst in der Rolle des gewichtig tadelnden Belehrers gesehen. Der Bestattungsunternehmer hätte dann natürlich sein gewohntes selbstsicheres, gutgelauntes Gebaren verloren. Reuevoll hätte er die Doppelzüngigkeit seiner Motive selbst erkennen sollen. Das letzte, was er an den Tag hätte legen dürfen, war die ruhige Nachsicht gegenüber den enthusiastischen Ausbrüchen des Kaplans. Father James hatte den dunklen Verdacht, daß er in den Augen Francis Omaras ein unerfahrener Junge war. Und daß Omara es nicht übers Herz brachte, ein Greenhorn hart anzufassen.

»Das trifft aber nicht für die meisten Mitglieder des Verbandes zu«, sagte er und versuchte, dem Gespräch den ursprünglich geplanten Verlauf zu geben.

»Ich kann natürlich nur für mich sprechen.« Omaras Ton war jetzt noch um einige Nuancen freundlicher, er wechselte jedoch das Gesprächsthema. »Ich bedaure, daß Father Doyle nicht unter uns sein kann.«

»Father Doyle liegt mit einer Grippe im Bett«, sagte Father James steif. Sollte das ein Hinweis sein, daß es Sache des Gemeindepfarrers war, seinen Schäfchen den rechten Weg zu weisen?

Francis Omara blieb neben seinem Wagen stehen. Seine blauen Augen leuchteten klar in dem dunkel gebräunten Gesicht. Sie blinzelten, als er sagte: »Father Doyle bekommt seine Grippe immer zur rechten Zeit. Er ist fast immer dann krank, wenn er es vermeiden möchte, zu irgendeiner Sache öffentlich Stellung zu nehmen. Ist mit den Jahren sehr weise geworden, unser guter Father Doyle.«

Als sein schwarzer Cadillac sich entfernte, blickte der Kaplan ihm noch eine ganze Weile nach.

»Was soll man mit solchen Leuten nur machen?« fragte er sich zum hundertstenmal.

»Wir dürfen nicht vergessen, daß die Leute zweifellos ganz aufrichtig sind«, sagte Monsignore Miles fest. Ein Blick auf seine beiden Gesprächspartner hatte genügt, um ihn zu überzeugen, daß es besser war, diesen Punkt noch einmal zu betonen.

Sie saßen im Büro der Erzdiözese an der Madison Avenue und planten die Taktik für die unmittelbare Zukunft. Die Strategie auf lange Sicht hatte seine Eminenz vor der Abreise nach Rom festgelegt.

»Aufrichtig?« sagte Henry Stonor, der Public-Relations-Mann der Erzdiözese, ungläubig. »Sie haben eine Klage gegen den Kardinal angestrengt!« Er war Laie, aber seine Frömmigkeit stand der seiner geistlichen Kollegen keineswegs nach.

Es war einem Priester überlassen, die Denunziation in etwas gewähltere Worte zu kleiden.

»Sie bestreiten das Recht des Kardinals, über den Besitz der Kirche zu verfügen. Überlegen Sie nur, wo das hinführen könnte!«

Einen Augenblick lang herrschte entsetztes Schweigen. Vor Monsignore Miles verwirrten Augen tat sich eine Vision auf, in der zügellose Laien die St. Patricks-Kathedrale versteigerten.

Oder gar den Petersdom?

Er riß sich zusammen. »Natürlich stimme ich Ihnen zu, daß sie fehlgeleitet sind«, sagte er scharf. »Dennoch würde ich es vorziehen, der Sache mehr mit Bedauern als mit Verärgerung gegenüberzutreten. Bitte denken Sie daran, daß wir die Mitglieder des St. Bernadette-Elternverbandes offiziell als irrende Kinder der Kirche betrachten – nicht als Abtrünnige!«

Seine Gesprächspartner waren offenbar nicht überzeugt. Er stellte fest, daß sie bereit waren, der Gemeinde von St. Bernadette in Sachen geistlichem Gehorsam ein gutes Beispiel zu geben.

Monsignore Miles milderte seinen Ton. »Wie Father Livingston ganz richtig bemerkte – denken Sie nur, wo das hinführen könnte. Das ist genau das Problem, dem wir uns widmen müssen. Sollte es tatsächlich zur Verhandlung kommen, wird sie ein Magnet für jedes unzufriedene Kirchenmitglied werden. Seine Eminenz hat mich gebeten, jeden nur möglichen Versuch zu unternehmen, den Elternverband zu überzeugen.«

Seine Zuhörer rutschten ungeduldig auf den Stühlen hin und her.

»Ich denke, wir sollten ein Treffen mit ihnen arrangieren. Wenn möglich, sollte auch ein Vertreter von Unger Realty anwesend sein. Wissen Sie etwas über deren gegenwärtige Lage?«

»Ja, Monsignore.« Henry Stonor beugte sich mit eifrig gerunzelter Stirn vor. »Mr. Unger hat selbst angerufen, nachdem er die Vorladung bekommen hat. Er sagte, er sei gar nicht glücklich über die Publicity.«

»Da ist er nicht der einzige«, antwortete Monsignore Miles scharf.

Father Livingstone konnte seine Unzufriedenheit nicht länger zügeln.

»Als ob seine Eminenz dem Elternverband die Situation nicht hinreichend erklärt hätte! Wir haben ihnen alle Fakten und Zahlen genannt. Sie haben es doch schwarz auf weiß, daß es uns bei steigenden Schülerzahlen und weniger Nonnen unmöglich ist, die Schule länger zu finanzieren. Manchmal glaube ich, daß diese Eltern mit der Stimme der Vernunft nicht zu erreichen sind.«

Monsignore Miles hageres, faltiges Gesicht verzog sich zu einem Lächeln. »Dann, so schrecklich es auch klingen mag, müssen wir es mit der Stimme des Glaubens versuchen.«

3

»Morgen findet in der Angelegenheit St. Bernadette ein Treffen mit den Hauptakteuren statt«, berichtete Dick Unger per Telefon. »Monsignore Miles unternimmt einen letzten Versuch, die Sache außergerichtlich zu regeln. Er hat vorgeschlagen, daß auch wir teilnehmen.«

»Ach ja?« machte Thatcher unverbindlich und wappnete sich gegen den Vorschlag, daß er die Sloan persönlich vertreten solle. Die Grundstücksabteilung hatte sich die Suppe eingebrockt. Sollte auch die Grundstücksabteilung ihre Abende in Flensburg verbringen. »Und wo findet das Treffen statt?«

Ungers Stimme klang verdrossen. »Das scheint schon ein Problem für sich zu sein. Sie können sich anscheinend nicht einigen.«

»Wenn sie sich nicht auf einen Ort einigen können, wird das Treffen wohl kaum stattfinden«, schloß Thatcher messerscharf.

»Ich glaube, das werden sie noch einsehen«, sagte Unger hastig. »Aber sehen Sie, es fing damit an, daß Monsignore Miles vorschlug, man solle sich hier in der Stadt in der Chancery treffen. Dem wollten die Eltern nicht zustimmen – sie sagten, es sei ein Versuch, sie mit kirchlicher Autorität zu überfahren. Warum nicht in dem Laden, den sie als Hauptquartier benutzen, sagten sie. Aber Stonor – Miles Publicitymann – hat Angst, daß das so ausgelegt werden könnte, als erkenne die Kirche damit den Elternverband als legitime Organisation an. Er sagte, es handle sich um eine private Klage Francis Omaras. Jemand schlug das Büro des Rechtsanwalts vor, aber sie waren alle der Meinung, daß das der Sache ein zu feindseliges Aussehen geben würde – für ein Treffen von Gleichgläubigen.«

»Behauptet etwa jemand, dieses Treffen sei *nicht* feindselig?« erkundigte Thatcher sich.

Dick Unger erwiderte, dies sei schwer zu sagen. Dann wechselte er schnell das Thema und fragte Thatcher, ob er nicht mitkommen wolle.

Zu seiner eigenen Überraschung stellte Thatcher fest, daß er dem Angebot nicht widerstehen konnte.

Nicht daß Thatcher große Hoffnungen hegte, als er am nächsten Abend in Richtung Flensburg fuhr. Er wußte, daß Berufsdiplomaten und Gewerkschaftsfunktionäre mit ihren Kräften sparsam umgehen, wenn es sich um solche Päliminarien handelte wie die Festlegung des Tagungsortes und der Tagesordnung. Amateure erschöpfen sich allzuoft bereits in der Einigung über diese Trivialitäten, um sich dann mit zusätzlichem Groll und geschwächtem Stehvermögen an den Verhandlungstisch zu setzen.

Das Treffen begann nicht gerade unter einem glückverkündenden Stern.

»Dies ist Mr. Omara, der die Klage angestrengt hat«, hieß es zur Einleitung, »und neben ihm einige Eltern – Mrs. Foster, Mr. Horvath und Mr. und Mrs. Ianello.«

Willard Ericson faltete die Hände und sah wohlwollend in die Runde. »Insgesamt gesehen wird diese Gruppe gewöhnlich als das Aktionskomitee des St.-Bernadette-Elternverbandes bezeichnet«, informierte er die umgebende Luft.

»So hat man mir gesagt«, erwiderte Father James. Seinem Ton entnahm zumindest Thatcher, daß er lieber den Scheiterhaufen als diese Bezeichnung wählen würde.

Monsignore Miles schaltete sich ein. »Vielleicht können wir mit der Vorstellung fortfahren«, sagte er schnell. »Mr. Omara, ich glaube, Mr. Unger, den Käufer des Grundstücks, haben Sie ja schon kennengelernt. Und das ist Mr. Thatcher, der die Sloan Guaranty vertritt.«

Höfliches Nicken war an die Stelle herzlichen Händedrucks getreten. Dies war, wie Thatcher wußte, ein schlechtes Omen.

Glücklicherweise ergriff Francis Omara als erster das Wort. Wie Monsignore Miles hatte er die Fähigkeit, seine professionelle Gemütsruhe auch in ungewohnter Umgebung beizubehalten. Nachdem nämlich alle anderen Lokalitäten abgelehnt worden waren, hatte man sich schließlich geeinigt, das Treffen in der Schule selbst abzuhalten. Er nahm die Vorstellung zur Kenntnis und schlug den Ball sofort zurück.

»Wir sind auf Ihre Bitte hin gekommen, Monsignore, aber auch sehr bereitwillig. Ich kann nicht leugnen, daß wir hoffen, Seine Eminenz hat den Beschluß revidiert.«

Falls seine Kollegen diese Hoffnung teilten, so zeigten sie dies nicht. Die einzige Gefühlsäußerung, die Thatcher entdeckte, war ein ungewolltes Nicken Willard Ericsons. Er vermutete, daß dies Zustimmung für Omaras ersten Schachzug ausdrückte.

Monsignore Miles schaffte gleich zu Beginn klare Fronten. »Ich bedaure Ihnen mitteilen zu müssen, daß dies nicht der Fall ist; es wäre auch falsch von mir, Ihnen Hoffnungen auf eine solche Möglichkeit zu machen. Kardinal Devlins Standpunkt kann sich nicht ändern. Er hat sorgfältig alle Aspekte überprüft, bevor er nach Rom gefahren ist. Ich kann Ihnen versichern, er hat sich nur sehr zögernd zu dem Entschluß durchgerungen, daß der Schulbetrieb in St. Bernadette aus finanziellen Gründen eingestellt werden muß. Er ist sich selbstverständlich darüber im klaren, daß dies Sie sehr betrüben wird. Es wäre ein Schlag für jede Gemeinde. Er hat allerdings nicht erwartet, daß Sie sich weigern würden, die zwingenden Notwendigkeiten anzuerkennen. Im Hinblick auf Ihr bisher beispielloses Vorgehen, eine gerichtliche Verfügung gegen den Kardinal zu erreichen, bin ich davon überzeugt, daß Ihre Weigerung auf Unverständnis beruht. Nein, ich will Sie nicht tadeln.« Er hob beruhigend die Hand. »Im Gegenteil. Es war meine Aufgabe, Ihnen die Entscheidung seiner Eminenz verständlich zu machen. Sollten sich dabei Mißverständnisse ergeben haben, so liegt der Fehler ganz bei mir. Ich bitte Sie jetzt nur um Geduld, während ich Ihnen die Fakten noch einmal darlege.«

Die Eltern schwiegen höflich und erwartungsvoll. Thatcher begann, seine Ansichten über Amateure zu revidieren. Oder vielmehr, er kam zu dem Schluß, daß Omara und Mrs. Foster, die offensichtlich den Ton angaben, keine Amateure waren. Mrs. Foster wartete für ihre Feuereröffnung sichtlich einen günstigeren Zeitpunkt ab. Omara schien nicht ganz bei der Sache zu sein.

Unbeeindruckt stürzte Miles sich in die Geschichte von St. Bernadette, mit besonderem Hinweis auf den langen Zeitraum, in dem sich der Lehrkörper gänzlich aus Nonnen zusammengesetzt hatte. Dann kamen die weltlichen Lehrer, die Gewerkschaft und die letzten Gehaltsverhandlungen. Er machte auf die ständig wachsende Schülerzahl aufmerksam und schloß mit der Bitte um Verständnis für die offizielle Position.

»Es ist für St. Bernadette unmöglich, weiterhin jene Erziehung zu garantieren, die wir in der Vergangenheit gewährleistet haben. Wir müssen deshalb in die Zukunft blicken. Wir müssen die Schule schließen und veräußern. Der Erzdiözese liegt gegenwärtig ein günstiges Angebot für das Grundstück vor. Wir werden uns weiterhin unserer Aufgabe widmen, bestmögliche religiöse Unterweisung zu gewährleisten, und zwar nach den Schulstunden. Aber um diese Aufgabe erfüllen zu können, müssen wir Nutzen aus dem Angebot ziehen. Ich habe Mr. Unger hergebeten, um Ihnen seine Situation darzulegen.«

Dies war Dick Ungers Stichwort. »Ich weiß, es ist grundsätzlich Ihr Problem. Ich kann Ihnen die Dinge nur aus meiner Sicht erklären. Die Lage der Pfarreischule eignet sich ausgezeichnet für ein Apartmenthaus. Es gibt nicht mehr viele gute Grundstücke in der Stadt. Und ich glaube, ich kann Ihnen versprechen, daß unser Haus dazu beitragen wird, Ihren ganzen Bezirk aufzuwerten und den Verkaufspreis der Grundstücke und Häuser zu steigern. Ich beabsichtige allerdings nicht, mich in einen Bürgerkrieg verwickeln zu lassen. Ich werde keine Maschinen für die Abbrucharbeiten schicken, wenn Sie sich ihnen in den Weg werfen. Ob die Schule geschlossen wird oder nicht, liegt bei Ihnen. Ich kann Ihnen nur ganz offen sagen, ich glaube nicht, daß Sie ein besseres Angebot bekommen. Aber ich kann es nicht ewig aufrechterhalten. Mr. Thatcher von der Sloan wird sich dem wahrscheinlich anschließen.«

So angesprochen, bestätigte Thatcher feierlich, daß die Sloan die Hypothek nicht für einen beliebig langen Zeitraum bereithalten werde. Um zu beweisen, daß er auf der Seite der Engel stand –

obwohl deren Standort von Minute zu Minute unklarer wurde –, fügte er hinzu, daß auch er gegen einen Aufmarsch von Abbruchkolonnen über einen lebenden Wall menschlicher Leiber sei.

Monsignore Miles dankte beiden und sagte, daß damit die Lage einigermaßen umrissen sei. Er hatte flüssig, zwingend und überzeugend gesprochen. Aber nicht überzeugend genug.

Francis Omara tauchte aus privaten Meditationen auf und schüttelte traurig den Kopf. »Ich kann Ihnen nicht zustimmen, daß wir die Situation umfassend dargelegt haben. Jedenfalls nicht, wenn wir die Grundsätze des Baltimore Council völlig unerwähnt gelassen haben, der uns die heilige Pflicht auferlegt, *nahe jeder Kirche eine Pfarreischule zu errichten.* Ich erinnere mich an die Erzählungen meiner Großeltern vom Zehnten, den jeder in dieser Gemeinde zahlte, damit eine Schule errichtet werden konnte. Sie machten die Existenz einer katholischen Schule nicht von schlechten Finanzen abhängig – und wir tun dies auch nicht! Selbstverständlich erkennen wir die Probleme. Und Mrs. Foster hat einige Daten zusammengetragen, die unserer Meinung nach berücksichtigt werden sollten. Ich bitte Sie jetzt nur« – und hier erhellte plötzlich ein fast zynisches Grinsen Omaras bewegliches Gesicht – »um Ihre Aufmerksamkeit für Mrs. Fosters Unterlagen.«

Mary Fosters Rede war darauf angelegt, ein für allemal die fälschliche Annahme aus der Welt zu schaffen, daß der Elternverband die Lage nicht einzuschätzen vermochte. Kurz gesagt, sie unterbreitete Gegenvorschläge zum Verkauf von St. Bernadette, sie brachte Zahlen und Fakten und wartete mit Vergleichen ähnlicher Fälle auf. Nüchtern bemerkte sie, daß andere Bistümer zwei oder drei Jahre benötigt hatten, um ein Problem zu lösen, dessen Kardinal Devlin sich sozusagen über Nacht entledigt hatte. Sie umriß die Möglichkeit, das Schulgebäude an die Eltern zu vermieten und wies darauf hin, daß man gegenseitige Unterstützungsmaßnahmen mit anderen Gemeinden vereinbaren könne, bevor sie alle, eine nach der anderen, ihre Schulen schließen mußten.

Es wurde Monsignore Miles sicherlich im Himmel angerechnet, daß er Mary Fosters Worten nicht nur mit allen Anzeichen höflicher Aufmerksamkeit folgte, sondern auch eine heftige Äußerung Henry Stonors unterdrückte. Stonor schien den Vergleich mit anderen Gemeinden als einen Schlag unter die Gürtellinie zu betrachten.

»Es freut mich natürlich festzustellen, da Sie diesem Problem so viel Ernst und Aufmerksamkeit gewidmet haben«, sagte der Monsignore, indem er seinem ungestümen Untergebenen die Zügel des Gesprächs entriß. »Und ich muß zugeben, daß auch ich bestürzt bin. Ich kann nur bedauern, daß Sie nicht in der Lage waren, einige dieser Vorschläge mit seiner Eminenz zu diskutieren, bevor der Beschluß zur Klage gefallen ist. Und ich hoffe aufrichtig, daß Sie nun, da der Kardinal entschieden hat, den Problemen der Zukunft dieselben umsichtigen Überlegungen entgegenzubringen. Im Augenblick, selbst wenn es Ihnen schwerfällt, werden Sie doch zumindest einsehen müssen, daß dieser Entschluß in gutem Glauben gefaßt wurde und im festen Hinblick auf das Wohlergehen der Gemeinde.«

»Also, ich nicht!«

Thatcher sah ein, daß es leichter gewesen wäre, ein durchgegangenes Pferd aufzuhalten, als Bob Horvath in diesem Augenblick zum Schweigen zu bringen. Er stützte sich auf den Tisch und beugte seinen schweren Körper vor.

»Es ist genau wie Mrs. Foster sagt. Dieser Entschluß ist nicht im Hinblick auf die allgemeine Lage gefaßt worden. Sie wollen unsere Schule schließen. Aber gerade jetzt werden in den Vororten neue katholische Schulen gebaut. Und ihnen fehlen die Nonnen genauso wie uns, und sie haben noch nicht einmal Gebäude oder Grundstücke. Sie müssen aus dem Nichts anfangen. Aber keiner redet davon, daß sie ihre Schule mit anderen teilen müssen. Irgendwie können die ihre Schule haben – und wir nicht. Dabei brauchen wir sie mindestens genauso dringend. Es fällt mir schwer, einzusehen, wo da das Wohlergehen der Gemeinde bleibt.«

Rebellion, wenn sie einmal ausgebrochen ist, wirkt ansteckend.

»Genauso ist es«, sagte Pat Ianello. »Es ist einfach nicht fair. Wir haben schon immer eine Pfarrschule gehabt. St. Bernadette bedeutet den Mitgliedern dieser Gemeinde etwas, mehr als eine neue Schule irgend jemandem bedeuten könnte. Und selbst wenn es schwierig sein wird, den Unterricht fortzuführen, so ist das doch noch kein Grund zur Kapitulation.«

Als guter Kommandant eilte Francis Omara zur Unterstützung seiner Truppe herbei. Er hatte seine frühere Zerstreutheit abgestreift und sprach jetzt angelegentlich.

»Wir wollen damit nicht sagen, daß die Vororte keine neuen Schulen bekommen sollen. Das ist ja geradezu ein Fortschritt. Aber wir können moralische Verpflichtungen nicht in Dollar und Cent aufrechnen. Ich bedaure zutiefst, wenn ich irgend jemandem hier zu nahe trete, aber ich bin entsetzt, eine Diskussion über katholische Erziehung zu hören, die sich ausschließlich um Gehälter und Unterhaltungskosten dreht. Ich kann nicht glauben – ohne Beweis kann ich es nicht glauben –, daß es tatsächlich Leute gibt, die aus der Schließung unserer Schule einen Nutzen ziehen wollen. Und ich kann diese ganzen schönen Worte über das Apartmenthochhaus nicht recht würdigen, das Flensburgs Ansehen erhöhen und den Wert der Grundstücke steigern soll. Sie können«, rief er pathetisch, »eine Gemeinde nicht verbessern, die ihre Seele verloren hat!«

Monsignore Miles zog es vor, sich zu der letzten Herausforderung nicht zu äußern – was nach Thatchers Meinung sehr weise war. Statt dessen machte er sich zum Anwalt Dick Ungers.

»Mr. Omara, ich nehme jegliche Rücksicht auf Ihre Gefühle, und sie sind in vieler Hinsicht lobenswert. Aber ich habe Mr. Unger als meinen Gast hierher gebeten und kann es nicht zulassen, daß er Opfer unserer Auseinandersetzungen wird. Was Ihr oder mein Standpunkt auch für Verdienste haben möge, welche Verantwortungslosigkeit Sie oder ich uns haben zuschulden kommen lassen – Mr. Unger hat keinerlei Verpflichtungen gegenüber St. Bernadette.«

Zum erstenmal zeigte Omara Anzeichen von Verärgerung. »Ich glaube nicht, daß wir uns darüber Sorgen machen müssen, ob Mr. Unger ein Opfer geworden ist. Die wirklichen Opfer sind die Kinder von St. Bernadette. An sie sollten wir denken. Das ist unsere Pflicht. Wir sollten nicht an die Dollars und Cents denken, die aus unserer Gemeinde herausgepreßt werden können, nicht an das Geld, das verdient werden könnte, wenn feine Wohnungen und Geschäfte nach Flensburg kommen.«

Dick Unger hatte sich als Beobachter gesehen. Es erbitterte ihn, daß er plötzlich in der Schußlinie stand. »Jetzt passen Sie mal auf. Ich bin Makler, genau wie Sie Bestattungsunternehmer sind. Es wäre eine feine Sache für die Gemeinde, wenn jedermann gratis begraben werden könnte, aber so läuft Omaras Bestattungsinstitut eben nicht. Und Sie haben kein Recht zu erwarten, daß es sich mit der Unger Realty anders verhält. Ich bedaure Ihre Probleme, aber Sie müssen sich mit dem Gedanken abfinden, daß wir mit unseren Grundstücksgeschäften einen Gewinn erzielen. Und das ist ein Gedanke, mit dem Sie alle vertraut sind.«

Erstaunlicherweise erregten diese offenen Worte Omara nicht.

Fast so, als hätte er sie überhaupt nicht gehört, wandte er sich an den Monsignore.

»Ich habe nicht von Mr. Ungers kleinem Profit gesprochen«, sagte er und tat vier Millionen Dollar mit einer Handbewegung ab. »Mr. Unger ist völlig offen zu uns gewesen – ganz im Gegensatz zu anderen Leuten, die ich nennen könnte. Wie Sie sagten, hat er uns gegenüber keinerlei Verpflichtungen. Aber diejenigen, die eine Verpflichtung haben, werden für ihre Scheinheiligkeit bezahlen müssen, denn dieser Elternverband wird weiterhin für das Fortbestehen der Schule kämpfen. Und ich glaube, daß die meisten Mitglieder dieser Gemeinde bei einem Prozeß hinter uns stehen werden. Ich kann nur sagen, wie leid es mir tut, daß wir unsere Schwierigkeiten vor ein fremdes Gericht tragen müssen.«

Diesmal machte Monsignore Miles keinen Versuch, seinen Bundesgenossen zurückzuhalten. Vielleicht wollte er ausprobieren, ob die militante Kirche erfolgreicher war.

»Es mag Ihnen wirklich leid tun, Mr. Omara«, sagte Henry Stonor streng. »Als ein Mann, der Scheinheiligkeit und Überheblichkeit verdammt, sollten Sie bedenken, daß Ihre Klage gegen den Kardinal keinen Erfolg haben kann. Niemand kann sein Recht bestreiten, über den Besitz der Kirche zu verfügen. Sie werden damit lediglich schädliche Publicity und ignorante Angriffe gegen die Kirche herausfordern. Das ist alles, was sie erreichen können, und für einen Mann, der vorgibt, sich mit moralischen Fragen zu befassen, ist dies keineswegs ein erstrebenswertes Ziel.«

Die Worte waren zweifellos als Provokation gedacht. Sie trieben rote Flecken auf Francis Omaras Wangen. Unglücklicherweise brachten sie auch den Enthusiasten der Gruppe in Harnisch.

»Nun aber langsam«, sagte Willard Ericson. »Sie urteilen da etwas übereilt, Mr. Stonor. Ich glaube, daß Mr. Omara sich Hoffnungen auf wesentlich mehr machen kann. Das heißt, wenn er bereit ist, die judikativen und legislativen Verfahren des Staates New York voll auszuschöpfen. Denn schließlich haben wir bis jetzt die Wege, die ihm offenstehen, kaum berührt. Hat er sich zum Beispiel mit den Besitzern der angrenzenden Grundstücke in Verbindung gesetzt? Grundstücke, die für karitative oder erzieherische Zwecke gestiftet wurden, könnten durchaus besondere Merkmale haben. Vielleicht wurden die Grundstücke im Vertrauen auf diese Merkmale erworben? Wird vielleicht das Recht auf Licht und Luft durch den Bau eines vielstöckigen Hauses verletzt? Und was die

Frage betrifft, wer das Recht hat, über das Grundstück zu verfügen, so bin ich der Meinung, daß Sie zu optimistisch sind, wenn Sie glauben, daß der Rechtsspruch einer unteren Instanz sehr viel Gewicht hat. Dies ist zweifellos ein Fall, bei dem ich mich dafür einsetzen würde, daß er vor das höchste Gericht des Staates gebracht wird. Wenn nicht noch weiter.«

Der unheilvolle Ton in Willard Ericsons Stimme entging niemandem. Monsignore Miles sah ihn mit offener Bestürzung an; hier, schien er sich zu sagen, sitzt die graue Eminenz. Um seine schlimmsten Befürchtungen zu bestätigen, wagte er eine Frage.

»Und was meinen Sie genau mit Ihrem Hinweis auf die legislativen Verfahren, Mr. Ericson?«

Ericson kehrte aus einem Traum zurück, der nur allzu offensichtlich aus unzähligen gerichtlichen Verfügungen, Anträgen und Eingaben bestanden hatte. Sein Ziel, rief Thatcher sich ins Gedächtnis zurück, war es, Zeit zu gewinnen. Willard Ericson war offensichtlich ein Meister in dieser Disziplin. Kleinstkinder, die jetzt in der Wiege lagen, würden noch Abschlußzeugnisse von St. Bernadette umklammern, wenn man ihm seinen Willen ließ.

»Was sagten Sie?« Ericson blinzelte. »Ach, das legislative Verfahren. Ich glaube, daß letzten Endes die Gerichte nicht die geeignete Instanz für derartige Meinungsverschiedenheiten sind. Möglicherweise werden Sie feststellen, daß sich einige Begeisterung für eine Gesetzesänderung zusammentrommeln läßt.«

Nicht in dieser Gesellschaft, dachte Thatcher und musterte die undurchdringlichen Mienen von Monsignore Miles und Father James.

Ericsons ehrgeiziger Höhenflug hatte ihn weit über St. Bernadette hinausgeführt.

»Es liegt Jahrzehnte zurück, daß das Gesetz über Religionsgemeinschaften zum letztenmal revidiert worden ist«, erinnerte er sich. »In der Tat, viele Leute glauben, daß eine gründliche Überholung überfällig ist. Wird es wirklich den Bedürfnissen einer modernen, religiösen Gemeinschaft gerecht? Das sollten wir uns einmal fragen. Zweifellos würde eine generelle Revision die Frage der Verfügungsgewalt über kirchlichen Besitz ohne einen Schatten des Zweifels klären.«

Eines ließ sich jedenfalls über Willard Ericsons Einbildungskraft sagen: sie brachte die Versammelten zum Schweigen und entließ sie schließlich aus dem kleinen Klassenzimmer. Das einzige Ergebnis, das man erzielt hatte, war die Übereinstimmung, daß man nicht übereinstimmte. Während er seinen Mantel anzog, hörte Thatcher Henry Stonors Stimme.

»Was meinte er mit der Andeutung über eine Revision der Gesetze über Religionsgemeinschaften? Glauben Sie, daß er sich darüber im klaren ist, wieviel protestantische Wähler es hier gibt?«

Monsignore Miles sah seinen Untergebenen müde an.

»Die Katholiken, Henry, sind diejenigen, über die man sich Gedanken machen muß.«

4

Thatcher brachte von der Zusammenkunft in Flensburg nur einen einzigen positiven Eindruck mit, und der betraf einen Mann, nicht das Treffen. In Monsignore Miles hatte er einen professionellen Problemlöser erkannt. Zweifellos hatte der Mann noch andere, geistlichere Eigenschaften. Trotz seines geistlichen Standes war Miles unverkennbar der Diener einer ausgedehnten und wichtigen Institution. Daß es sich dabei um die römisch-katholische Kirche handelte, war ohne sonderliche Bedeutung. In weltlichen Angelegenheiten ähneln sich große Institutionen mehr, als sie voneinander verschieden sind. Während Willard Ericson sich auf seinen Fall vorbereitete, während Francis Omara und das Komitee um die Unterstützung der Gemeinde warben, würde die Kirche in Gestalt von Monsignore Miles, davon war Thatcher überzeugt, ihre eigenen Schritte unternehmen.

Außerdem war Thatcher ziemlich sicher, daß diese ersten Schritte fast sofort getätigt werden würden.

Er hatte recht. Monsignore Miles machte sich früh am nächsten Morgen an die Arbeit. Als erstes diktierte er einen ausführlichen Bericht über die Lage in Flensburg. Dieser würde in einem kleinen Kreis, Kardinal Devlin eingeschlossen, zirkulieren, bevor man ihn zu den Akten des rasch anschwellenden Dossiers über St. Bernadette legte.

Danach nahm er mit seinem unmittelbaren Vorgesetzten das Frühstück ein.

»Sie werden mit dieser Sache allein fertig werden müssen«, sagte Bischof Shuster, nachdem er ihn angehört hatte. »Halten Sie mich auf dem laufenden.«

Miles war nicht überrascht. Bischof Shuster war ein vielbeschäftigter Mann. Miles versprach, dies zu tun, und begab sich in die kleine, karge Zelle, die sein Büro darstellte, und ließ Father Livingstone und Mr. Stonor zu sich bitten.

»Nein«, sagte er sanft, als sie eilfertig herbeigestürzt kamen, »wir haben keine Zeit, uns über das Treffen zu unterhalten.« Und zu Father Livingstone gewandt: »Henry wird Sie informieren.«

Dann legte er in wenigen Sätzen seinen Plan dar. Es war an der Zeit, ein Treffen der Gemeindemitglieder zu organisieren, die Francis Omara *nicht* unterstützten.

»Ja«, sagte Father Livingstone begierig und konnte es offenbar gar nicht abwarten, damit zu beginnen.

Miles sah ihm mit einem unterdrückten Seufzer nach, als er das Büro verließ, und wandte sich dann an Stonor.

»Die Affäre wird bereits in der Presse erwähnt«, berichtete Stonor mit unheilvoller Stimme und reichte ihm einen Ordner.

»Sie sind zu pessimistisch«, bemerkte Miles. »Hier und da ein paar Zeilen ...« Bis jetzt hatten die Zeitungen der Stadt lediglich die offizielle Stellungnahme der Diözese gebracht. Warum also beklagte sich Stonor? In diesem Augenblick stieß er auf einen Ausschnitt aus der *New York Times.* In drei Zeilen meldete er die Elternproteste in Flensburg.

»Das ist nur der Anfang«, sagte Henry Stonor. »Wenn dieser hartnäckige Haufen ...«

»Nachsicht, Henry, Nachsicht!«

Henry war nicht zu bremsen. »Und wenn die Publicity schlecht wird, wissen Sie nicht, was noch passiert! Die Diözesanzeitung wird natürlich ...«

Miles schloß die Augen. »Ich glaube nicht, daß wir uns um die Diözesanzeitung Sorgen zu machen brauchen.«

»Aber wohl um die *Times.* Ganz zu schweigen von *Time,* und *Newsweek*«, ließ Henry sich vernehmen. »Ich werde einen langen offenen Brief über die schlechte wirtschaftliche Lage von St. Bernadette zusammenstellen – massenweise Zahlen und Fakten. Dann werde ich unterstreichen, wie sehr die vier Millionen helfen, das Defizit der Diözese auszugleichen. Außerdem werden wir ...«

Monsignore Miles gab dem Plan seinen Segen und schickte Stonor an die Arbeit.

Er selbst erhoffte sich nicht allzuviel von diesen Formalitäten, beispielsweise von dem Versuch, Unterstützung für die Schließung von St. Bernadette zusammenzutrommeln. Schön und gut, Father Livingstone würde ein Treffen organisieren, aber Miles wußte genau, daß alle Eltern der Gemeinde die Schule retten wollten. Gewiß, einige würden sich nicht aktiv beteiligen, weil sie sich nicht gegen die Kirche wenden wollten. Aber er würde wenig Hilfe finden.

Höchstens bei den Alten und Kinderlosen.

Miles griff nach dem Telefon und ließ sich mit den Rechtsanwälten der Diözese verbinden. Willard Ericson schien sie zur Aufbietung aller ihrer Kräfte angespornt zu haben. Soweit Miles es beurteilen konnte, liefen sie Gefahr, das Hauptanliegen der Diözese aus den Augen zu verlieren.

»Und Sie wollen bitte nicht vergessen, daß es unser Ziel ist, den Verkauf von St. Bernadette so reibungslos wie möglich über die Bühne zu bringen. Wir haben keinerlei Ambitionen, in die Rechtsgeschichte einzugehen.«

»Nein, nein!« riefen mehrere Absolventen der Fordham Law Shool im Chor.

»Sehr schön«, sagte Miles. »Dann müssen wir eben beten, daß es nicht zum Prozeß kommt.« Er hätte gern geglaubt, daß sie sich ihm darin anschließen würden.

Damit war die Reihe der Telefongespräche aber noch nicht beendet. Sein nächster Anruf galt Jeremiah V. Kinneally, Besitzer eines der größten Bestattungsunternehmen des Erzbistums. Er erkundigte sich nach Frank Omara, brachte aber nichts in Erfahrung, was hätte hilfreich sein können. Omara war ein guter Bürger, ein guter Katholik und vermutlich sogar auch ein guter Mensch.

Er runzelte die Stirn. Dann meldete er ein zweites Gespräch an. Diesmal wurde er mit einem Gerichtsbeamten verbunden, der für die Demokratische Partei ein waches Auge auf die Flensburgs dieser Welt warf. Aber auch über Mrs. Mary Foster gab es nichts Nachteiliges zu berichten. Dasselbe traf für Salvatore Ianello und Bob Horvath zu.

Die einzige Überraschung brachte der Anruf bei der Vereinigung Katholischer Rechtsanwälte.

»Sind Sie sicher?« fragte Miles noch einmal.

Die Vereinigung Katholischer Rechtsanwälte war ganz sicher und ein bißchen beleidigt. Nein, Willard Ericson war kein Mitglied bei ihnen. Der Grund dafür, Monsignore – er war kein Katholik. Er gehörte nicht einmal der Episkopalkirche an.

Miles rätselte noch an den Folgerungen dieser Tatsache, als Father Livingstone mit siegessicher gerötetem Gesicht hereinstürmte. Er hatte ein Treffen noch für denselben Abend arrangiert. Father James in Flensburg hatte eifrig mitgeholfen, indem er ihm Gemeindemitglieder genannt hatte, auf deren Unterstützung gerechnet werden konnte. Sein enthusiastischer Bericht geriet angesichts von Miles Miene ins Stocken.

»Das Fleisch ist leider schwach«, sagte Monsignore Miles. »Zwei Abende hintereinander in Flensburg ... Aber ich zweifle nicht, daß uns die Kraft dazu gegeben wird. Sie sagten acht Uhr, nicht wahr?«

Um acht Uhr gab Monsignore Miles seinem Fahrer Anweisung, in zwei Stunden zurück zu sein. Als er sich umwandte, um das Pfarrhaus zu betreten, fiel sein Blick auf die hellerleuchteten Fenster auf der gegenüberliegenden Seite des Jackson Boulevard. Die Bäckerei und der Friseur waren geschlossen und dunkel. Nur ein Geschäft hatte geöffnet:

SANKT BERNADETTE ELTERNVERBAND
RETTET UNSERE SCHULE
KATHOLISCHE ERZIEHUNG FÜR KATHOLISCHE KINDER

Monsignore Miles las die Slogans mit einigem Interesse. Er bemerkte ein reges Kommen und Gehen. Ein Paar in mittleren Jahren trat mit Broschüren und Flugblättern unter den Armen aus dem Laden. Monsignore ließ einen Bus vorbeifahren und überquerte die Straße, um die Sache näher in Augenschein zu nehmen.

Das Hauptquartier des Elternverbandes war ein ehemaliger Laden. Das Inventar war entfernt und durch wacklige Tische und Klappstühle ersetzt worden. An den Wänden standen Kartons voller Broschüren. In einer Ecke befand sich eine alte Vervielfältigungsmaschine.

Mary Foster, die mit einem jungen Ehepaar sprach, hielt inne, als er den Laden betrat.

»Monsignore Miles?« sagte sie. Ihre Stimme klang überrascht. Das junge Paar blickte entsetzt drein.

»Ich wollte mich nur mal umsehen, Mrs. Foster«, sagte Monsignore Miles ungezwungen.

»Wir freuen uns, Sie begrüßen zu können, Monsignore«, erwiderte sie. Ihre Ruhe brachte ihr einen bewundernden Blick der beiden jungen Leute ein. Zu ihrem Glück erschien Francis Omara in der hinteren Türe. Er trug einen Karton.

»Hier sind die Petitionen, die du haben wolltest, Mary.« Sein Blick fiel auf Miles, aber er blieb nicht stehen. Er stellte den Karton ab und ging auf Miles zu, um ihn zu begrüßen.

»Eine recht beachtliche Tätigkeit, die Sie hier entwickelt haben,« bemerkte Miles.

»Ja, Monsignore«, antwortete Omara trocken. »Sehen Sie, wir versuchen, jedes einzelne Gemeindemitglied zu erreichen.«

Hinter Miles schnappte jemand nach Luft. Einer der jungen Leute, vermutete er.

Mrs. Fosters Stimme blieb gelassen. »Ich muß mich auf den Weg machen, Frank. Wenn du mir schnell noch einen Karton mit Petitionen geben würdest?«

»Bitte sehr, Mary«, antwortete Omara prompt. »Aber mit dem Entschlüsselungsschema bin ich noch nicht so weit. Es muß warten.«

»Das macht nichts, du kannst es behalten«, erwiderte Mary Foster. »Falls Bob hereinschaut, sag' ihm doch bitte, daß ich ihm die Stellungnahme für die Zeitung morgen vorbeibringe.«

Unbeeindruckt von diesem Wortwechsel verabschiedete Monsignore Miles sich von den Aufbrechenden. Das junge Paar war offensichtlich froh, sich aus dem Staub machen zu können.

Er blieb allein mit Frank Omara.

Omara war doch nicht vollkommen ungezwungen. »Wir gehen nicht gern gegen den Kardinal vor«, sagte er leise.

Miles nickte verstehend, wandte aber ein: »Das ist es nicht allein. Mr. Omara. Es geht auch noch um anderes. Sie spalten die Gemeinde und zwingen die Leute, gegeneinander Stellung zu nehmen. Bis jetzt haben Sie alle in Ruhe und Frieden gelebt. Kann das aber auch so bleiben, wenn Sie sich untereinander befehden?«

Omara antwortete voller Eifer, fast so, als habe er auf eine Gelegenheit gewartet, sein Herz zu erleichtern. »Die Sache ist für mich sehr schmerzlich, Monsignore. Dies sind meine Leute, wir haben alle miteinander gearbeitet. Aber ich muß tun, was ich für richtig halte. Und ich kann nicht verhehlen, daß ich verletzt bin. Ich weiß, daß das keinen Einfluß auf mich haben sollte, aber ein Mann hat seinen Stolz.«

»Wissen Sie, daß ich auf dem Weg nach St. Bernadette bin? Dort findet heute abend ein Treffen der Eltern statt, die den Kardinal unterstützen. Wollten Sie das erreichen?«

Monsignore Miles bekam keine direkte Antwort.

»Es ist eine schreckliche Sache, wenn ein Mensch einen anderen ausnutzt. Es entwürdigt beide. Ich will die Dinge nicht von dieser Seite betrachten. Aber es beunruhigt mich trotzdem tief.«

Einen Augenblick herrschte Schweigen. Miles hatte zuerst befürchtet, daß Omara ihn der Ausnutzung beschuldigte. Jetzt fragte er sich, ob wohl der Elternverband in diesem Licht erschien.

»Sollten wir nicht darüber sprechen, wenn Sie so beunruhigt sind?« fragte er schließlich. Er war von Francis Omaras Aufrichtigkeit überzeugt.

Omaras düsteres Gesicht erhellte sich. »Das würde ich gern tun, Monsignore. Es wäre ein Trost für mich. Aber nicht jetzt. Ich muß zuerst noch mit jemandem sprechen. Vielleicht werden meine Zweifel dann beseitigt.«

»Schön«, sagte Monsignore Miles. »Ich hoffe, daß unser aller Herzen dann leichter sind. Jetzt muß ich zu dem Treffen gehen. Gott segne Sie, Frank.«

Omara murmelte einige Worte des Dankes.

Ob Heiliger oder Sünder, dachte Miles, er war aus dem Holz geschnitzt, das der Kirche die empfindlichsten Schwierigkeiten bereitete.

In St. Bernadette warteten Dick Unger, Father Livingstone und Father James bereits auf ihn. Mit ihnen harrten sechs nervöse Gemeindemitglieder aus.

»Father Doyle«, verkündete Father James, als er auf den Monsignore zueilte, um ihn zu begrüßen, »fühlt sich nicht wohl. Er hat mich gebeten, ihn zu vertreten ...«

»Wir verstehen«, sagte Monsignore Miles. Sein geübtes Auge sagte ihm, daß Mr. Unger heute Unterwerfung, Frömmigkeit und Gehorsam erleben würde. Er wünschte nur, daß auch nützlichere Tugenden zum Vorschein kommen würden.

Es war viele Stunden später. Der lange Tag neigte sich dem Ende zu, und St. Bernadette lag ruhig und schweigend unter einem dunklen, bewölkten Himmel. Die menschlichen Leidenschaften, Ängste und Sorgen um die Schule ruhten für die Nacht.

Aber nicht überall.

Um Mitternacht klingelte das Telefon in dem stillen Pfarrhaus, mit dem mißtönenden Schrillen, das Telefone in der Nacht an sich haben.

Father James hob den Kopf. Er hatte soeben die Lektüre seines Breviers beendet.

Das Telefon klingelte von neuem.

Father James schob den Stuhl zurück, angelte nach seinen Schuhen und eilte hinunter in die Halle. Er war dankbar für das Licht der häßlichen viktorianischen Lampe, die hier stets brannte.

»Hallo! ... Sind Sie es, Hochwürden? ... Entschuldigen Sie vielmals, daß ich Sie zu dieser späten Stunde störe ...«

Die Stimme der Frau klang besorgt. Father James verdrängte seine anderen Gedanken. Dies war ein Teil seiner Berufung. »Sagen Sie ...« begann er.

Aber die Frau ließ ihn nicht ausreden.

»Oh, Hochwürden, ich bin Kathleen Omara ... Ich mache mir solche Sorgen um Frank ...«

»Guter Himmel«, sagte Father James aufrichtig betroffen.

»Er hat gesagt, er käme früh aus dem Büro nach Hause ... Aber jetzt nimmt er das Telefon nicht ab ... Glauben Sie ... Würden Sie?«

Father James beruhigte Mrs. Omara, obwohl ihre Bitte ihn alles andere als erfreute. Er wäre bereit gewesen, jedem Hilferuf aus der Schar seiner Schafe zu folgen, auch dem Francis Omaras. Statt dessen wurde er gebeten, über die Straße zu rennen, um nachzusehen, ob Omara noch immer für den Elternverband schuftete.

Father James warf einen Mantel über, schob den Riegel zurück und machte sich auf den Weg. Das Büro des Elternverbandes, stellte er mißbilligend fest, war noch geöffnet. Die Lichter brannten.

Fröstelnd beschleunigte Father James unbewußt den Schritt. Als er die Tür erreichte, hatte er sich eine Ansprache zum Thema »Das unterwürfige Herz« zurechtgelegt.

»Omara!« rief er und öffnete die Tür.

Der Laden war leer.

»Omara!« rief Father James erneut, diesmal beinahe grob. Er trat ein. Im Gegensatz zu Monsignore Miles hatte er die Stätte des Trotzes und der Herausforderung noch nie besichtigt. Sein Blick fiel auf ein Plakat: WARUM SOLLEN UNSERE KINDER BESTRAFT WERDEN? Seine Miene verhärtete sich. Er wiederholte: »Omara? Sind Sie hier? Ihre Frau macht sich Sorgen ...«

Es war schlimm genug, daß diese Leute sich gegen ihre Oberhirten auflehnten. Jetzt erwarteten sie auch noch, daß er Botengänge für sie erledigte. Nun, da waren sie aber auf dem Holzweg.

Father James ging zur Hintertür und stieß sie auf.

»Omara, sind Sie hinten . . .?«

Plötzlich erstarben seine Worte. Ein Blick in das staubige Dunkel des Lagerraumes brachte ihn zum Schweigen.

Father James war in der Tat als Hirt zu einem seiner Herde gerufen worden.

Francis Omara lag so da, wie man ihn niedergeschlagen hatte. Blut erzählte seine eigene, schreckliche Geschichte.

Einen Augenblick stand Father James wie betäubt. Dann fiel er neben dem Mann auf die Knie.

Omara war tot.

Neben seiner Leiche senkte der Priester den Kopf.

5

Die Mordkommission benötigte keine Stunde, um festzustellen, daß es sich bei der Tat keinesfalls um ein Zufallsverbrechen handeln konnte.

»Man braucht sich nur mal umzusehen«, sagte einer der Detektive. »Das Schnappschloß der Hintertür ist nicht mit Gewalt geöffnet worden. Der Mörder ist ganz offen hereingekommen.«

»Und es war auch kein Profi«, erwiderte der Sergeant. »So einer hätte gewußt, daß hier kein Bargeld zu holen ist. Es ist nur ein Informationscenter. Selbst ein Fixer hätte das gemerkt.«

»Nein, ein Fixer war es bestimmt nicht.« Der Arm des Detektivs beschrieb einen Kreis. »Omara hat mit jemandem gesprochen, den er kannte.«

Sie standen im Lagerraum, der jetzt nicht mehr dunkel und düster war. Tragbare Scheinwerfer tauchten jeden Winkel in grelles Licht. In dem Raum befanden sich ein angeschlagener, steinerner Ausguß, ein massiver Fleischerhackblock und die abgebrochenen Griffe verschwundener Geräte. Eine Reihe von Haken bedeckte die Wand, an der Francis Omaras Leiche lag. Seine rechte Hand umklammerte noch immer einen schwarzen Mantel.

»Er war gerade im Begriff nach Hause zu gehen«, murmelte der Sergeant nachdenklich. »Er hatte schon seinen Schreibtisch aufgeräumt und ein paar Akten in der Tasche verstaut. Dann kam er hier rein, um seinen Mantel zu holen. Sein Mörder ist ihm gefolgt. Und als er ihm den Rücken drehte – peng!«

Die Männer blickten zu Boden, wo noch immer das blutbefleckte Beil lag.

Der Sergeant seufzte. »Okay. Ich glaube, wir sind hier fertig. Hat der Streifenwagen diesen Priester zu der Witwe gebracht?«

»Ja. Ich denke, wir können jetzt zu ihr.«

Der Verdacht der Detektive wurde durch Kathleen Omara bestätigt. Sie hegte keinen Zweifel an der Ursache für den Tod ihres Mannes.

»Er ist umgebracht worden, weil er der Vorsitzende des Elternverbandes war«, sagte sie schluchzend. »Manche Leute sind so bigott, daß sie einfach keine Änderungen ertragen.«

Father James, der neben ihr stand, blickte peinlich berührt statt trostspendend drein.

Die Detektive wußten bereits über den Elternverband Bescheid. Sie hatten Zeit gehabt, eines der Flugblätter zu lesen. Jetzt erkundigten sie sich, ob Omara noch andere Sorgen gehabt hatte – Politik, Schwierigkeiten mit der Gewerkschaft, Spielschulden?

»Sie verstehen das nicht«, jammerte die Witwe. »Frank war nicht so. Er war ein Phlegma und engagierte sich selten für etwas. Er führte sein Geschäft und versuchte, die restliche Zeit bei uns zu Hause zu verbringen. Er hat die Sache mit dem Elternverband nur angefangen, weil er sich persönlich betroffen fühlte. Ach, hätte er sich doch nie eingemischt!«

Aber warum, erkundigten sie sich mit freundlicher Beharrlichkeit, nahm sie an, daß dies zu seinem Tod geführt hatte?

»Weil er gestern nach dem Treffen entsetzlich aufgeregt war. Er hat es mir selbst gesagt. Frank war ein so guter Mensch – das war manchmal ein schreckliches Handikap für ihn. Er konnte nie verstehen, wieso manche Leute anders fühlten als er. Aber er sagte, er würde eine Sache aufdecken, die St. Bernadette betraf, er wolle nur noch jemandem die Chance geben, diese Angelegenheit zu klären. Dann könne er nicht länger schweigen.«

Die Detektive ließen nicht locker, brachten aber nichts weiter in Erfahrung. Kathleen Omaras Wissen erschöpfte sich in der einen Tatsache: Frank Omara hatte jemanden zur Rede stellen wollen, bevor er ermordet wurde.

Father James folgte den beiden Detektiven zur Haustür. »Ich würde ... Ich meine ...«

Die Detektive warteten geduldig.

Father James gab sich einen Stoß. »Ich würde Mrs. Omaras Worten im Augenblick nicht allzuviel Beachtung schenken. Die arme Frau ist völlig durcheinander. Sie weiß nicht, was sie sagt.«

Die Detektive sahen sich an.

»Gewiß, Hochwürden. Vielen Dank und gute Nacht.«

Father James sah ihnen nach, das junge Gesicht bleich und freudlos.

Die Nachricht vom Tode Frank Omaras erreichte die Sloan früh am nächsten Morgen. Als Thatcher sein Büro betrat, warteten zwei Beamte auf ihn. Im Hintergrund blickte Miss Corsa streng und kritisch drein.

»Nur ein paar Minuten«, sagte einer der beiden.

In Wirklichkeit dauerte es dann eine geschlagene halbe Stunde. Wenigstens, dachte Thatcher, als er seine einzige Begegnung mit Omara rekapitulierte, wurden auf diese Weise andere Übel aufgeschoben. Es ließ sich darüber streiten, wie man den Tag besser begann: mit dem Mord in Flensburg oder mit dem Zusammenbruch der National University Research Inc.

»Ja, ich habe es im Radio gehört«, sagte er. »Ich nahm an, daß es ein Einbruch war.«

Der jüngere der beiden Detektive beugte sich vor. »Hinter diesem Kampf um St. Bernadette steckt allerhand, was?«

Das konnte Thatcher nicht leugnen.

»Geld«, sagte der Experte. »Und eine Menge Ressentiments.«

»Nun ja«, sagte Thatcher.

»Für einen Mord reicht das allemal«, orakelte die Polizei und verließ die Bank.

So war Thatcher nicht überrascht, als Dick Unger später am Morgen auftauchte, unfähig, sich auf seine Geschäfte zu konzentrieren. Er war ganz weiß um die Nase.

»Ich verstehe gar nicht, warum Sie sich so aufregen«, bemerkte Thatcher. »Die Nachricht vom Tod Omaras ist natürlich alles andere als angenehm, aber . . .«

Unger unterbrach ihn. »Wo waren Sie gestern abend?«

»Bei einem Essen mit Wirtschaftsexperten«, antwortete Thatcher. »Aber . . .«

»Kein Wunder, daß Sie sich nicht aufregen«, sagte Unger gereizt. »Ich war in Flensburg! Ich habe das Pfarrhaus gegenüber dem Tatort zur fraglichen Zeit verlassen!«

Thatcher ließ sich von Ungers Panik nicht anstecken. »Gestern abend waren mehrere tausend Leute in Flensburg. Ich verstehe nicht, warum die Polizei es gerade auf Sie abgesehen haben sollte.«

»Weil sie irgendeine merkwürdige Vorstellung von unserem Treffen mit Omara haben.« Unger hatte seine lässig-elegante Haltung abgelegt. »Sie glauben, ich hätte gesagt, dies sei die Chance meines Lebens. Und Omara hätte gesagt, er würde eher sterben, als zulassen, daß ich Profit aus der Schule schlage. Für die Polizei ist die Sache ganz einfach: Ich sah ein Hindernis und habe es beseitigt!«

»Sie übertreiben ein bißchen«, erwiderte Thatcher. »Schließlich sind Sie seit Jahren im Geschäft und haben bisher den Erfolg auch nicht mit Gewalttätigkeiten erzwungen. Falls die Polizei das noch nicht weiß, wird sie es bald erfahren.«

»Soll ich Ihnen sagen, was die von mir wollten? Eine Liste aller Grundstücke, die wir bisher gekauft haben! Ich nehme an, sie wollen überprüfen, ob der bisherige Weg der Unger Realty mit Leichen gesäumt ist.« Ungers Stimme war nahe daran, sich zu überschlagen.

Thatcher hustete. »Gestatten Sie mir eine neugierige Frage«, sagte er. »Waren denn bei Ihren Errungenschaften viele plötzliche Todesfälle zu beklagen?«

»Nein!« fauchte Unger.

Er zog ein makelloses, zitronenfarbenes Taschentuch aus der Brusttasche und wischte sich die Stirn.

»Dann brauchen Sie sich ja keine Sorgen zu machen.« Damit war dieses Thema für Thatcher abgeschlossen. »Vielleicht können wir jetzt über die Forderungen des Wohnungsbauministeriums sprechen?«

»Schon gut, schon gut.«

Aber Dick Ungers Stimme klang alles andere als glücklich.

Die Art und Weise, wie man sich der Kanzlei des Kardinals von New York nähern sollte, hatte hohen Beamten der Polizei einiges Kopfzerbrechen bereitet.

»Ich weiß nicht, ob Sie bereits vom Tod Francis Omaras gehört haben, Monsignore Miles?«

Der Sprecher war ein besonders intelligentes und höfliches Exemplar der New Yorker Polizei.

»Ja, man hat mir bereits darüber berichtet.« Monsignore Miles Frühstück war durch einen Anruf aus Flensburg gestört worden.

»Wenn ich richtig verstanden habe, hat man ihn gestern abend im Büro des Elternverbandes umgebracht.«

»Das stimmt, Monsignore. Wahrscheinlich zwischen zehn und elf.«

»Es ist kaum zu glauben. Gestern abend habe ich dort noch mit ihm gesprochen. Er sagte, er wolle sich später mit mir über eine bestimmte Sache unterhalten.«

Das besondere Exemplar zuckte zusammen. »Ich nehme an, daß er noch mit einer ganzen Menge Leute reden wollte«, sagte es fast bittend.

»Ja, ich glaube schon.« Monsignore Miles war peinlich genau. »Aber Omara war ein tief beunruhigter Mann. Ich bedaure, daß ich nicht erfahren habe, was ihn so bewegte. Aber ich hatte mich zu der Zusammenkunft bereits verspätet.« Hilfreich fügte er hinzu: »Das muß ungefähr um acht gewesen sein, kurz bevor ich ins Pfarrhaus hinüber ging.«

»Vielen Dank.« Der Detektiv focht einen kurzen Kampf mit seinem Gewissen aus und entschied dann, daß der Commissioner den Monsignore selber fragen sollte, falls er sein Alibi wissen wollte. »Würden Sie wohl so freundlich sein, das Treffen am Vortag in allen Einzelheiten zu beschreiben?«

Miles lieferte ihm eine fast wortgetreue Wiedergabe der Diskussion. Als der Detektiv ihn jedoch auf Francis Omaras Beschuldigungen wegen eines Doppelspiels ansprach, zuckte er die Achseln.

»Mr. Unger war nicht aufgebracht, nein. Er wußte, daß Mr. Omara sich im Eifer des Gefechts zu dieser Äußerung hatte hinreißen lassen. Außerdem hat Francis Omara sich später entschuldigt. Ich versichere Ihnen, daß es kein böses Blut gegeben hat.«

»Hat Mr. Unger gesagt, daß dies eine ungewöhnlich gute Chance für seine Firma sei?«

»Ich erinnere mich, daß er sagte, St. Bernadette sei ein ausgezeichneter Bauplatz für ein Apartmenthochhaus. Aber ich glaube nicht, daß man das überbewerten sollte. Mr. Unger wollte Mr. Omara lediglich ausreden, den Verkauf zu verhindern. Was *ich* ja auch getan habe. Das war schließlich der Zweck des Treffens.«

»Natürlich«, sagte das besondere Exemplar und erhob sich. Ihm war eine Idee gekommen.

Henry Stonor sah kalt von seiner Schreibmaschine auf.

»Ja, ich habe an dem Treffen mit Francis Omara und den

anderen in Flensburg teilgenommen«, artikulierte er klar und deutlich. Schenkte man Stonors Beschreibung von Francis Omaras Verhalten Glauben, so war dessen Tod ein Akt göttlicher Vergeltung.

»Gestern abend ...«

Stonor blickte wieder auf seine Schreibmaschine nieder. Sein ausführlicher Bericht über das zweite Treffen in Flensburg verriet wesentlich mehr Zustimmung.

»Und wann war es zu Ende?«

»Um ... Oh, ich würde sagen, kurz vor zehn«, meinte Stonor.

»Und Sie und der Monsignore sind sofort zurückgefahren?«

»Nicht sofort. Wir mußten ein paar Minuten auf den Wagen warten. Monsignore wollte einen Augenblick frische Luft schnappen, und ich habe mir drin noch ein paar Notizen gemacht.«

Der Detektiv war niedergeschlagen. »Sie haben also auch kein Alibi?«

Henry Stonor war wie vom Schlag getroffen. »Ein Alibi? Guter Gott, Mann, was wollen Sie mir damit unterstellen?«

Er wäre vermutlich noch betroffener gewesen, hätte er über die Bedeutung dieses *auch* nachgedacht. Denn Monsignore Miles hatte ebenfalls kein Alibi.

Während John Thatcher, Dick Unger und selbst Monsignore Miles den Mord an Francis Omara und die polizeilichen Untersuchungen gelegentlich vergessen konnten, so traf das keinesfalls auf den Elternverband zu. Es würde noch eine Weile dauern, bis Flensburg und ein kleiner, hell erleuchteter Laden in einer dunklen Straße zu ihrem normalen Leben zurückfanden.

»Ich habe Ihnen alles gesagt, was ich weiß«, explodierte Bob Horvath. »Ich stand auf Omaras Seite – geht das nicht in Ihren dicken Schädel rein?«

Die Polizei versicherte das Gegenteil.

»Es hört sich aber nicht so an!« gab Bob zurück. »Warum nehmen Sie sich nicht die Leute vor, die *gegen* Frank waren?«

Sie sagten, daß sie alle Leute verhörten, die greifbar waren. Und wer waren überhaupt Omaras Feinde?

»Ein Haufen alter Klatschmäuler«, knurrte Horvath verächtlich. »Wie der alte Kavanaugh unten. Er versucht immer, Streit und Zank anzufachen.«

Jetzt waren sie interessiert. »Mit wem?«

Zum erstenmal suchte Horvath Ausflüchte. Er wisse es nicht und könne sich auch nicht erinnern. Er habe niemand bestimmten gemeint.

»Okay, Horvath. Nur für das Protokoll, wo waren Sie letzte Nacht?«

»Zu Hause in meinem Bett«, sagte er ausdruckslos. »Fragen Sie Ruthie. Ich stehe jeden Morgen um fünf auf.«

Sie fragten Ruthie. Natürlich war Bob in seinem Bett gewesen – wo hätte er sonst gewesen sein sollen? Und sie? Nun, sie war aufgeblieben, um sich eine Fernsehshow anzusehen. Hatten sie die auch gesehen? Da war dieser Schauspieler – daß der Drogen nahm, war doch klar ...

Die erste Reaktion auf Francis Omaras Tod hatte sich bereits eingestellt. Father Doyle waltete wieder seines Amtes. Selbst wenn Francis Omara eines natürlichen Todes gestorben wäre, wäre er an die Seite der Witwe geeilt. Aber jetzt wußte er, daß die ganze Gemeinde ihn brauchte.

Father Doyle dachte über die Zukunft nach. Er fürchtete, daß der Sünder ein Kind seiner Gemeinde war. Aber er würde sich nicht mit der Identität des Mörders befassen – obwohl eine Seele in Todesgefahr Father Doyle stets grausame Sorge bereitete. Mit der Zeit würde er es erfahren. Mit der Zeit, so betete er demütig, würden sich Reue und Vergebung einstellen. Aber jetzt waren Hunderte in der Gefahr, Böswilligkeit und Haß zu erliegen.

Und Father Doyle machte sich daran, die Saat des Friedens unter den Mitgliedern seiner Gemeinde auszustreuen. Die erste, die er aufsuchte, war Mrs. Mary Foster.

Sie sah auf, als Father Doyle das kleine Versicherungsbüro betrat, in dem sie arbeitete; aber sie lächelte nicht.

»Oh, Hochwürden, haben Sie es erfahren?«

Father Doyle ließ sich neben ihrem Schreibtisch nieder. »Ja, es ist eine schreckliche Sache, Mary. Und nicht nur wegen der Omaras.«

Mary nickte ernst. »Genau darüber habe ich auch nachgedacht, als Sie hereinkamen. Eigentlich habe ich an nichts anderes denken können, seit die Polizei gegangen ist. Wissen Sie, ich habe Frank gestern abend noch im Büro gesehen. Ich wünschte fast, ich wäre ihm nicht begegnet. Ich werde nie vergessen, wie er aussah, so gut wie selten. Monsignore Miles war da, und er machte einen sehr würdevollen Eindruck, aber gleichzeitig so aufrichtig, so voller

Leben –« Sie brach ab, um sich die Augen zu wischen. »Mein Gott, er war so ein guter Mann.«

Father Doyle fühlte mit ihr. Larry Foster hat sich selbst, seiner Familie und seinem Priester schon vor langer Zeit bewiesen, daß er weder besonders gut noch viel von einem Mann war. Nun ja, wem der liebe Gott eine Last aufbürdet, dem gab er auch Kraft.

»Letzten Endes, Mary«, sagte Father Doyle, »könnten wir Frank in besserer Erinnerung behalten, denn als guten Menschen? Mary, ich will Ihnen keinen Kummer bereiten, aber seien Sie offen zu mir. Ich war bei den Omaras und habe bisher keine Einzelheiten erfahren. Ich hätte gern gewußt, ob die Polizei schon entscheidende Anhaltspunkte gefunden hat.«

Mary erwiderte traurig, daß es sie nicht aufrege, darüber zu sprechen. »Aber ich habe keine Ahnung, was die Polizei tut. Die Fragen, die sie mir stellte, betrafen nur das Treffen gestern abend und das, was ich letzte Nacht gesehen habe. Ich konnte ihr nicht weiterhelfen. Frank hat mir nichts gesagt. Ich habe ihn nur ein paar Minuten gesehen, bevor ich ging, um die Fragebogen zu verteilen. Die Polizei hat gesagt, daß er auf etwas gestoßen sei, und jetzt jemandem die Chance geben wollte, sich zu rechtfertigen.«

»Das paßt zu Frank«, stimmte der Priester zu. »Selbst seinem Feind eine Chance zu geben.«

Aber Father Doyles Herz sank bei ihren Worten. Sie bewiesen, daß sein Verdacht, die Lösung sei in der eigenen Gemeinde zu suchen, stimmte.

»Ich bin gekommen, Mary«, fuhr er fort, »um mit Ihnen über den Elternverband zu sprechen. Werden Sie weitermachen?«

Mary antwortete ohne Umschweife. »Father Doyle, selbst wenn wir jetzt aufhören wollten, glaube ich nicht, daß die Leute das zulassen würden. Heute morgen sind schon eine ganze Menge bei mir gewesen.«

»Das habe ich erwartet. Aber Sie müssen wissen, daß einige Dinge, die in dieser Gemeinde vorgekommen sind, aufhören werden. Die Priester dieser Gemeinde haben mit Ihrer Kampagne nichts zu schaffen.«

Diese Feststellung hätte Monsignore Miles einen Schock versetzt. Aber sie erfüllte ihren Zweck.

Mary Foster drückte sich weniger behutsam aus. »Oh, das macht nichts, Vater. Wir wissen, daß er noch sehr jung ist. Wahrscheinlich meint er es nur gut.«

»Etwas Schlimmeres hätten Sie nicht sagen können«, schloß Father Doyle grimmig. Er war fest entschlossen, den Kreuzzug des Kaplans zu unterbinden. »Mit der Nachsicht ist jetzt Schluß. Wenn Sie weitermachen, werden Sie – und die Gemeinde – noch mit genug Schwierigkeiten fertig werden müssen.«

»Wir werden versuchen, ihnen aus dem Weg zu gehen, Vater«, versprach Mary. »Aber im Augenblick ist es schwer zu sagen, wie weit wir hineinverwickelt werden, geschweige denn andere.«

6

Das Leben, so wird oft heftig und voller Mißmut festgestellt, geht trotzdem weiter. Selbst in Flensburg, wo Francis Omaras Tod am empfindlichsten traf. Die Ianellos mußten noch immer um sechs Uhr aufstehen, Frühstück machen, das Putzen jugendlicher Zähne überwachen, Sals frisch gebügeltes Hemd finden und sich überzeugen, daß Klein-Betty genügend glänzte, um Schwester Amelia Louise zu befriedigen. Zu Pats Schulzeit hatte Schwester Amelia Louise ein geübtes Auge für schmutzige Hände entwickelt, und so wurde die kleine Betty von oben bis unten geschrubbt und gebürstet, bevor sie sich auf den Weg nach St. Bernadette machte. Und dies alles trotz der Betroffenheit über Frank Omaras Verlust.

Mary Fosters Kinder waren älter. Aber trotzdem mußte das Frühstück und die Betten gemacht werden, bevor die unersetzliche Mrs. Foster das Büro öffnete und sich an die Post machte.

Ruthie Horvath mußte Brote für Bob machen, Father Doyle die Messe zelebrieren. Das Leben ging weiter und auch das Geschäft.

In der Wall Street war es natürlich noch schlimmer. Dort waren die Geschäfte noch nicht einmal befriedigend. Der Aktienmarkt war in Verwirrung geraten, Wertpapiere fielen ins Bodenlose. Stellungnahmen des Finanzministeriums, der Bundesbank, der Wirtschaftsinstitute und der Vizepräsidenten sämtlicher Banken begannnen wie schwarzer Humor zu klingen.

Thatcher wollte sich soeben mit Walter Bowman, dem Chef der Researchabteilung, und Everett Gabler zu einer Lagebesprechung zusammensetzen, als Miss Corsa den Raum betrat. Sie musterte seine schwerarbeitenden Untergebenen mit einem Blick, als seien sie träge Müßiggänger, und kündete Besucher an.

»Hoffentlich nicht schon wieder die Polizei«, sagte Walter Bowman fröhlich.

Miss Corsa überhörte diese Bemerkung. »Mr. Willard Ericson«, verkündete sie klar und deutlich. »Und eine Mrs. Foster.«

Dann heftete sie einen zwingenden Blick auf ihren Arbeitgeber. Wider Willen war Thatcher belustigt. Was unerwartete Besucher betraf, war niemand unzugänglicher als Miss Corsa. Dennoch – und das ließ sich nicht leugnen –, St. Bernadette veranlaßte sie, ihre Grundsätze über Bord zu werfen. Etwas in ihr wurde zweifellos berührt.

»Bitten Sie sie 'rein«, sagte er.

Gabler und Bowman zogen sich zurück. Thatcher stand auf und begrüßte seine Besucher. Bei Mrs. Foster, die schweigsamer war, als er sie in Erinnerung hatte, murmelte er einige höfliche Worte des Beileids wegen Frank Omara.

»Wir sind alle sehr betroffen«, sagte sie ernst.

»Schreckliche Sache«, sagte Ericson und schüttelte den Kopf. »Und es wirft eine Menge neuer Fragen auf.«

Thatcher glaubte nicht, daß Ericsons Bemerkung sich auf die Untersuchungen der Polizei und die Schwierigkeiten bezog, denen sich Frank Omaras Kollegen jetzt gegenübersahen. Mrs. Foster, die bei seinen Worten leicht die Stirn gerunzelt hatte, sagte erklärend: »Es handelt sich um die Fortführung des Elternverbandes.«

»Sie beabsichtigen also, weiter für die Rettung St. Bernadettes zu kämpfen?« fragte Thatcher ruhig.

Sie begegnete seinem Blick. »Ja«, sagte sie offen. »Frank hätte es so gewollt. Besonders jetzt, da jemand versucht, uns daran zu hindern.«

Glücklicherweise war Ericson nicht der Mann, der sich sentimentalen Gedanken über die Wünsche Verblichener hingab. »Die Klage, die wir angestrengt hatten, ist natürlich jetzt gestorben«, sagte er mit unbeabsichtigter Taktlosigkeit. »Und für eine solche Sache braucht man Zeit. Deshalb hatte ich eine andere Idee, Thatcher ...«

Mrs. Fosters Ton klang fast tadelnd. »Mr. Ericson hat mich heute morgen angerufen. Wir haben niemanden ... Das heißt, wir sind nicht sicher, wer Franks Posten übernimmt.«

Ericson sah sie an. »Sie wissen ja wohl, daß Sie sich da so schnell wie möglich einigen sollten.«

»Ich weiß«, sagte sie bedrückt. »Das Komitee trifft sich heute abend.«

Thatcher begann sich zu fragen, welche Rolle er und die Sloan eigentlich in diesen Plänen spielten. Glücklicherweise hatte Mrs. Foster jetzt offenbar die Absicht, ihn darüber aufzuklären. »Als Mr. Ericson anrief, wurde mir überhaupt erst klar, daß wir in der Aufregung die Klage ganz vergessen haben. Ich dachte nicht daran, daß sie ja nur in Franks Namen angestrengt worden ist.« Sie warf dem Rechtsanwalt einen Blick zu. »Mr. Ericson sagt, daß wir jetzt schnell handeln müssen . . .« Sie hielt inne, holte tief Luft und fuhr fort: »Deshalb haben wir an etwas anderes gedacht, Mr. Thatcher.«

Thatcher hatte das ungute Gefühl, daß sie einen Anschlag auf die Sloan planten. »Würden Sie mir Ihre Vorstellungen vielleicht darlegen?« erkundigte er sich höflich.

Sie lächelte ihm dankbar zu. Dann begann sie, überlegt zu sprechen.

»Sie erinnern sich vielleicht, Mr. Thatcher, daß wir andere Möglichkeiten zur Fortführung der Schule sehen. Wir hatten noch keine Zeit, sie alle gründlich durchzudenken, aber wir beabsichtigen dies auf alle Fälle. Und wir beabsichtigen, eine neue Klage im Namen unseres neuen Vorsitzenden anzustrengen. Es ist nun Ihr Geld, das hinter dem Angebot der Unger Realty steht. Könnten Sie uns nicht helfen? Wir wollen nichts weiter als ein bißchen Zeit.«

Ericson unterstützte dieses Anliegen und fügte hinzu: »Es würde einen unguten Eindruck in der Öffentlichkeit hinterlassen, wenn die Sloan Guaranty Trust und die Unger Realty dieses tragische Geschehen zu ihrem Vorteil ausnutzten. Besonders wenn die Sloan durch bloße Zurückhaltung der Hypothek dazu beitragen könnte, den – äh – Zusammenhalt einer Gemeinde New Yorks zu festigen.«

Thatcher musterte ihn empört. Wenn er je einen Mann gesehen hatte, den kommunale Beständigkeit kalt ließ, dann diesen juristischen Don Quichotte. Trotzdem befand er sich in einem Dilemma. Doppelte Erpressung, denn anders konnte man das wohl kaum nennen . . .

Mrs. Fosters Bitte war das verständliche Ersuchen einer Frau. Sie wollte verhindern, daß die Sloan den Tod Francis Omaras ausnutzte, um St. Bernadette den entscheidenden Schlag zu versetzen. Ericson jedoch war hinterlistig, und es würde wahrscheinlich wesentlich schwieriger sein, mit ihm umzugehen. In dieser Zeit sozialen Bewußtseins war die Sloan Guaranty Trust ein so guter Bürger wie andere auch, und Willard Ericson wußte das.

»Tja«, machte Thatcher abwartend.

Mrs. Foster beugte sich vor. »Es ist doch wirklich nicht viel, was wir verlangen, Mr. Thatcher. Nur eine Atempause, damit wir uns reorganisieren können.«

Ericson, stellte Thatcher verärgert fest, sah aus wie eine Katze, die den Kanarienvogel verschluckt hat. Er zumindest wußte, wieviel sie verlangten.

»Mrs. Foster«, begann er, »Sie wissen sicherlich, daß auch wir über Mr. Omaras Tod sehr betroffen sind. Andererseits können wir unsere Geschäftspolitik kaum von Gewalt bestimmen lassen.«

Sie war zu klug, um ihr Schweigen jetzt zu brechen. Und Ericson hätte sich eher die Zunge abgebissen, als jetzt ein Wort zu sagen.

Thatcher beugte sich dem Unausweichlichen. »Ich sehe Ihre Beweggründe jedoch durchaus ein. Natürlich kann ich Ihnen nicht sofort einen positiven oder negativen Bescheid geben.«

»Das habe ich auch nicht erwartet. Ich möchte Sie nur im Namen der Eltern von Flensburg bitten, unseren Vorschlag ernsthaft zu überdenken.«

Sie erhob sich anmutig. »Wir wollen Ihre Zeit nicht länger in Anspruch nehmen, Mr. Thatcher. Und wir sind für jede Berücksichtigung unserer Sache dankbar.«

Thatcher begleitete sie zur Tür. Mrs. Foster mochte es aufrichtig meinen, aber Willard Ericson war ein ganz anderer Fall. Kein Anwalt konnte hier ernsthaft eine Rettung durch die Sloan erhoffen. Deshalb wollte er vermutlich nur Zeit gewinnen, um eine neue Teufelei auszubrüten.

»Miss Corsa«, sagte Thatcher verdrossen, »machen Sie einen neuen Termin mit der Grundstücksabteilung aus. Ich fürchte, wir müssen noch mehr Zeit an diese Gemeinde verschwenden.«

Miss Corsas Gesicht blieb ausdruckslos.

»Und ich werde die ganze Sache jetzt vergessen und zum Lunch gehen«, sagte er entschlossen.

Der Lunch mit Tom Robichaux, einem alten Freund und Investmentbankier, brachte Thatcher auf andere Gedanken. Dies war allerdings nicht gehobener Stimmung zuzuschreiben, denn in diesen Tagen war kein Finanzmann guter Laune. Aber wie gewöhnlich trieb Robichaux die Dinge auf die Spitze. Heute schickte er nicht nur sein Steak, sondern auch seine gerösteten Kartoffeln zurück.

Sie verließen *Whyte's*, als ihnen Stanton Carruthers über den Weg lief.

»Sie haben mir gerade noch gefehlt«, sagte Thatcher grimmig.

Carruthers war unbeeindruckt. Formell und höflich begrüßte er seine Freunde.

»Und wie geht es dir, Tom?« Da Gefahr bestand, daß Tom diese Frage tatsächlich ausführlich beantwortete, unterbrach Thatcher: »Stanton abgesehen davon, daß ich gehofft hatte, wenn ein Teilhaber deiner Firma der Sloan eine Vorladung ins Haus schickt ...«

Tom Robichaux seufzte schwer. »Heutzutage gibt es keine Freundschaft mehr, John. Einer frißt den anderen.«

Carruthers war getroffen. Eine Andeutung von Feurigkeit belebte seine höflichen und korrekten Züge. »Ericson handelte als Privatmann«, antwortete er steif. »Nicht als Teilhaber der Firma. Es wäre der Gipfel der Ungehörigkeit gewesen ...«

»Genau, Stan«, sagte Robichaux, ganz Resignation. »Genau das meine ich. Heutzutage sucht jeder einen Schleichweg. Nicht, daß ich denen das verüble. Aber es ist nicht mehr wie in der guten alten Zeit.«

Thatcher versuchte, das Gespräch wieder an sich zu reißen. »Ich möchte bloß wissen, was in Ericson gefahren ist?«

Mit einem Blick auf Robichaux, der gen Himmel sah, sagte Carruthers etwas freundlicher: »Dabei ist er noch nicht mal katholisch.«

»Nein? Warum, zum Teufel ...?«

Dies war ein Phänomen, das Carruthers & Carruthers schon seit einiger Zeit beschäftigte. »Zwanzig Jahre lang«, sagte Stanton Carruthers, »war Willard mit seiner normalen Arbeit vollkommen glücklich. Er ist in der Tat eine hervorragende Kapazität auf seinem Gebiet geworden. Wenn ich je einen Mann gesehen habe, der beständig war, dann ist es Willard.«

Und was, erkundigte sich Thatcher, war Ericsons Spezialgebiet?

»Preisbindung im Einzelhandel«, sagte Stanton Carruthers erhaben. »Was Willard nicht über die Preisbindung weiß, ist auch nicht wissenswert. Das Robinson-Patman-Gesetz kennt niemand besser als er.«

Thatcher begann langsam zu vestehen, aber Carruthers sprach es schon aus. Purer Zufall hatte Willard Ericsons juristischen Horizont erweitert, purer Zufall in Gestalt eines Schwiegersohnes. Der Schwiegersohn war ein junger katholischer Rechtsanwalt, den sich der St. Bernadette Elternverband genommen hatte. Eine hinausgeworfene Bemerkung beim Sonntagsessen, das wohlwollende Interesse des älteren, erfahreneren Anwalts, ein Vorschlag, ein hübscher, kleiner Schachzug – und Ericson hatte Blut geleckt. Der Schwiegersohn kümmerte sich wieder um seine neueröffnete Praxis, und Willard erforschte neue Gesetzessphären mit dem Entzücken eines Kindes im Schokoladengeschäft.

»Und wer kann's ihm verübeln?« murmelte Thatcher unvorsichtigerweise und brüskierte Stanton Carruthers damit zum zweitenmal. Für einen Außenseiter sah die Sache nur zu verständlich aus. Man brauchte sich nicht einmal besonders jugendlich zu fühlen, um zu begreifen, daß es zwischen Himmel und Erde mehr Dinge gab als die Preisbindung im Einzelhandel.

Nachdem Dick Unger sich von den polizeilichen Vernehmungen erholt hatte, wandte er sich wieder seinen Geschäften zu. Fast ebenso schnell wie Willard Ericson wurde ihm klar, daß der Tod Francis Omaras auch den Tod von *Francis P. Omara gegen Joseph, Kardinal Devlin* bedeutete.

Für ihn waren die weiteren Schritte der Unger Realty, der Erzdiözese von New York und der Sloan Guaranty Trust so offensichtlich, daß sie keiner weiteren Erörterung bedurften.

»Mach dir keine Sorgen, Dad«, sagte er fröhlich über die Fernsprechleitung in die Karibische See. »Wenn wir uns ein bißchen ranhalten, ist der Verkauf abgeschlossen, bevor diese Eltern überhaupt wissen, wie ihnen geschieht. Dann können sie sowieso nicht mehr mit einer Klage kommen.«

Aus dem Telefon war zu vernehmen, daß es außer gerichtlichen Verfügungen auch noch andere Möglichkeiten gab.

»Nein, nein, Dad. Wenn sie erst mal vor vollendeten Tatsachen stehen, dann akzeptieren sie die auch. Du wirst schon sehen.«

Aber dazu sollte Unger senior keine Gelegenheit haben. Bevor Dick Unger noch den Hörer aufgelegt hatte, wurde ihm über eine andere Leitung mitgeteilt, daß die Sloan die Hypothek so lange zurückstellen würde, bis eine neue Klage eingereicht war.

»Gott weiß, warum!« jammerte er Monsignore Miles eine Stunde später vor. »Thatcher muß verrückt geworden sein.«

Monsignore Miles hob tadelnd die feinen Augenbrauen. Dies war ein Warnzeichen, das seine Kollegen und Untergebenen unweigerlich erkannten. Unger unglücklicherweise nicht.

»Wir hätten die Sache über die Bühne bringen können«, fuhr er fort zu lamentieren, »ohne daß jemand was gemerkt hätte.«

Miles stellte fest, daß das bloße Heben der Augenbrauen nicht genügte. »Man hätte es ohne Zweifel *danach* gemerkt«, sagte er scharf.

Dick Ungers Gesichtsausdruck sprach auch ohne Worte. »Was für ein Unterschied wäre das für die Sloan gewesen?« fragte er barsch.

»Das weiß ich nicht, aber sowohl für die Kirche als auch für die Unger Realty wäre es ein gewaltiger Unterschied gewesen. Wir hätten niemals zugestimmt, daß Mr. Omaras Tod in einer solchen Weise ausgenutzt würde. Wir werden dem Elternverband selbstverständlich Gelegenheit geben, sich zu reorganisieren und einen neuen Vorsitzenden zu ernennen.«

Dick Unger war noch immer widerspenstig. Aber es erwies sich, daß Monsignore Miles mit dieser Meuterei besser fertig wurde als mit der in Flensburg.

»Und falls diese Reorganisation zufällig innerhalb der nächsten zwei Tage abgeschlossen sein sollte, werden wir trotzdem nichts unternehmen, sondern erst nach Francis Omaras Begräbnis. Soviel Respekt sollten wir wenigstens zeigen, Mr. Unger. Übrigens, was beabsichtigen Sie anläßlich der Beerdigung zu tun?«

»Nichts, verdammt noch mal!« sagte Dick Unger entschlossen. »Überhaupt nichts!«

7

Am nächsten Morgen betrat John Putnam Thatcher sein Büro mit löblichen Absichten. Denn neben St. Bernadette nahmen noch eine Menge anderer Dinge die Zeit des Vizepräsidenten der Sloan Guaranty Trust in Anspruch. Er hielt seine Hoffnungen für vernünftig; schließlich hatte er St. Bernadette mehr Aufmerksamkeit gewidmet, als ihr in dieser Zeit finanzieller Stürme zukam. Keine der beteiligten Parteien – und Thatcher zögerte nicht, Miss Corsa zu diesen zu zählen – konnte sich darüber beklagen, daß er ihre Ansprüche kurz abgetan hatte.

Er wurde augenblicklich daran erinnert, daß die Belohnung für Tugenden, falls es eine solche gibt, erst in einer besseren Welt erteilt wird.

»Was sagten Sie, Miss Corsa?« fragte er. Er war noch nicht zu seinem eigenen Schreibtisch vorgedrungen.

»Mr. Unger«, wiederholte sie. »Ich habe gesagt, Sie würden ihn um Viertel nach zehn abholen.«

Thatcher harrte der Erleuchtung.

»Die Beerdigung«, erklärte Miss Corsa geduldig. »Ich wußte, Sie würden teilnehmen wollen. Und Mr. Ungers Sekretärin erwähnte, daß er ebenfalls hingeht.«

Und so war noch keine Stunde vergangen, als Thatcher sich mit Dick Unger auf dem Weg nach Flensburg befand. Unger war ausnahmsweise einmal nicht gesprächig. Thatcher betrachtete die prächtige Aufmachung seines Begleiters. Unger hatte sonst etwas Dandyhaftes an sich. Farbenfrohe Westen blitzten unter seinen Jacketts; seine Krawatten prunkten mit exotischen Mustern. Heute jedoch war er eine gedämpfte Symphonie. Das helle Grau der Socken und des Hemdes unterstrichen das dunklere seines Anzuges. Das Ganze wurde von einem Binder in dunklem Purpur gekrönt.

Thatcher trug natürlich seine gewohnte Kleidung. Die Uniform des Bankiers – ein konservativer Geschäftsanzug – war für eine Beerdigung durchaus passend. Und was das für ein Schlaglicht auf den amerikanischen Geschäftsmann warf!

Sie rollten den Jackson Boulevard hinauf, als Unger seinem Herzen endlich Luft machte.

»Wenn Sie mich fragen, dann macht Monsignore Miles einen gewaltigen Fehler«, sagte er mürrisch.

Thatcher zeigte sich interessiert.

»Er unterstreicht die Verbindung zwischen dem Mord an Omara und St. Bernadette«, erläuterte Unger. »Wenn wir unsere Karten richtig ausgespielt hätten, wäre das in Vergessenheit geraten.«

Thatcher stimmte dem nicht zu, aber in diesem Augenblick hielten sie schon vor der Kirche. Die hineinströmende Menge enthob ihn der Notwendigkeit eines Kommentars. Er und Unger waren früh gekommen, mußten aber trotzdem schon im Seitenschiff Platz nehmen. Die Bänke füllten sich rasch. Leiser Wortwechsel auf allen Seiten ließ darauf schließen, daß die ganze Gemeinde anwesend war und tiefes Interesse zeigte. »Sieh doch nur, der alte Mr. Omara«, sagte jemand hinter Thatcher. »Natürlich hat er die Beerdigung selbst arrangiert. Es muß ihm das Herz brechen!«

Thatcher blickte zur ersten Reihe hin, wo ein älterer Mann die schwarz verschleierte Witwe stützte. Ihnen zur Seite saßen die Kinder. Die erste Reihe war für die Familie reserviert, aber in der zweiten saß das Aktionskomitee des Elternverbandes in geschlossener Front. Pat und Sal Ianello hielten die Mitte. Mary Foster und Bob Horvath, den man am Abend zuvor nach einigem Widerstreben seinerseits zum neuen Vorsitzenden des Elternverbandes gewählt hatte, wurden beide von ihren Ehegatten und heranwachsenden Kindern begleitet. Die größte Überraschung verursachten die anderen Personen in dieser Bank – Willard Ericson und ein junger Mann, den Thatcher für seinen Schwiegersohn hielt. Ohne die beiden hätte die Sitzordnung zufällig sein können. Mit ihnen wurde sie zu einer Demonstration von Solidarität. Auch andere schienen das zu glauben. Auf allen Seiten wurde leise geflüstert.

»Die beiden am Ende müssen die Anwälte sein. Rita sagte, sie würden kommen.«

»Damit wollen sie zeigen, daß sie weiterkämpfen werden.«

»Hast du gehört, daß Ruthie Leibwachen für Horvath verlangt?«

»Du machst wohl Witze!« Das Flüstern verriet Faszination.

»Nein, nein! Sie hat Angst, daß es noch mal passiert.«

Ein entrüsteter Neuankömmling schaltete sich ein. »Noch mal? Was glaubst du denn, wo wir sind? Das hier ist Flensburg.«

Aber nicht nur hinter ihm stellte Thatcher fest, auch vor ihnen drehten sich die Gespräche um dasselbe Thema.

»Wir müssen den Tatsachen ins Auge sehen. Diese Gemeinde beherbergt einen Wahnsinnigen.«

»Wir haben mehr als einen. Ist dir eigentlich aufgefallen, daß Kavanaugh nicht hier ist?«

»Wenigstens haben sie Kaplan James den Mund gestopft. Nachdem er gesagt hat, dies sei eine Strafe des Himmels . . .«

Die Frau war außer sich. »Höchste Zeit! Er hat es auf dem Friedhof gesagt. Die arme Kathleen Omara hätte ihn hören können.«

»Und der junge Pete war bei ihr.«

Weitere Kommentare wurden durch die aufbrausende Orgel erstickt. Die versammelte Gemeinde wandte ihre Gedanken der Andacht zu, und die feierliche Liturgie begann. Thatcher betrachtete voller Neugier der Priester, der jetzt vor den Sarg trat. Es war ein alter Mann. Vermutlich hatte er Francis Omara seit seiner Kindheit gekannt.

Dies war in der Tat der Fall. Father Doyles Totenrede begann mit einem Hinweis auf seine lange Zuneigung für das verschiedene Gemeindemitglied. Aber er beschränkte sich nicht auf die persönlichen Tugenden Francis Omaras, sondern sprach ausführlich über die Verpflichtung gegenüber der Gemeinde, die er auf sich genommen hatte, und die Sorge für das Wohlergehen der Menschen, mit denen er zusammenlebte.

Als er geendet hatte, herrschte vollkommene Stille, bis auf das leise Weinen einiger Frauen. Father Doyle war von seinen eigenen Worten überwältigt, und es dauerte einen Augenblick, bis er die Fassung wiedergewonnen hatte. Erst dann war er in der Lage, mit seiner normalen Stimme anzukündigen, daß Monsignore Miles auf Anordnung des Kardinals eine zweite Totenrede halten würde.

Das Schweigen wandelte sich in ungläubige Überraschung.

Monsignore Miles bestieg die Kanzel mit dem Selbstbewußtsein seines Standes.

»Ich kann Ihren Schmerz nicht lindern«, sagte er fast beiläufig. »Ich kann ihn nur teilen. Es ist recht und billig, daß wir um den Tod eines guten und aufrichtigen Menschen trauern.«

Monsignore war ein gewandter Redner. Seine Ansprache war der Gelegenheit angemessen, und er vermied es geschickt, alle strittigen Punkte zu berühren. Er sprach warm und herzlich von dem Toten und betonte, wie sehr die Kirche aktiver und engagierter Laien bedurfte. Seine Rede war versöhnlich, beschwichtigend und verbindlich. Sie enthielt alles, was gesagt werden mußte, und ließ alles aus, was nicht gesagt werden durfte.

In John Putnam Thatchers Augen war sie ein ungeheurer Fehler.

Diese Gemeinde wollte keine Verbindlichkeit und Versöhnlichkeit. Vor allem wollte sie keinen Hinweis auf Vergeben und Vergessen. Monsignore Miles' Rede machte – wenn auch unausgesprochen – deutlich, daß Francis Omaras Aufrichtigkeit seinen Irrtum entschuldigte. Aber die Gemeinde von St. Bernadette weigerte sich, einen Irrtum überhaupt in Betracht zu ziehen. Ihnen war Father Doyle viel lieber, der ihnen lautere Gefühle lieferte und dafür lautere Nächstenliebe forderte.

Thatcher warf einen Blick auf die zweite Reihe. Pat Ianello, die sich vor ein paar Minuten noch die Augen gewischt hatte, schien wie ausgewechselt. Das Kinn energisch gehoben, starrte sie kriegerisch nach vorn. Sal Ianellos Gesicht konnte er nicht sehen, aber sein Rücken war so steif, als habe er einen Ladestock verschluckt. Bob Horvaths Gesicht drückte Entschlossenheit aus. Mary Foster hatte sich von den Mitgliedern des Komitees am besten in der Gewalt, aber auch sie hatte ihr Taschentuch weggesteckt und taxierte die Kanzel mit kühlem Blick.

Monsignore Miles war ohne Zweifel ein fähiger Problemlöser. Aber in diesem Augenblick wäre er gut beraten gewesen, seine Fähigkeiten darauf zu verwenden, mit Father Doyle fertig zu werden. Der Gemeindepfarrer war der Mann, dem die lokalen Aufgaben zufielen.

Offenbar begann auch Miles das jetzt zu spüren. Jedenfalls brachte er seine Rede zu einem mehr plötzlichen als eleganten Ende und überließ Father Doyle das Feld.

Gegen Ende des Gottesdienstes war es Father Doyle beinahe gelungen, die ursprüngliche Atmosphäre wiederherzustellen.

Vor der Kirche hatte Thatcher Gelegenheit, einige Mitglieder des Elternverbandes zu begrüßen. Nach gebührenden Kondolationen und Vorstellungen wurde das Gespräch wieder aufgenommen.

»Ich weiß, daß Sie auf der Seite des Kardinals stehen«, sagte Pat Ianello verbissen, »aber es war nicht recht von Monsignore Miles, so zu sprechen.«

Thatcher stritt jeglichen Lobbyismus mit dem Kardinal ab, aber er versuchte nicht, das Thema zu wechseln. Es war verständlich, daß der Elternverband seinem Ärger Luft machen mußte. Und Dick Unger schien heute nicht viel zu sagen zu haben.

»Ich will nicht so tun, als verstünde ich Monsignore Miles heutigen Auftritt«, fuhr Thatcher fort, »aber ich habe Father Doyles Worten entnommen, daß es der ausdrückliche Wunsch des Kardinals war. Ich nehme an, daß der Monsignore keine Wahl hatte.«

»Aber er hatte die Wahl seiner Worte«, knurrte Bob Horvath.

»Das spielt doch keine Rolle«, sagte Larry Foster gelangweilt. »Der Kardinal hat die Entscheidung getroffen – oder der Monsignore. Aber von keinem kann man erwarten, daß sie so sprechen, als hätten sie Omara gekannt.«

»Er wußte, daß Omara ermordet worden war«, erwiderte Horvath wütend. »Das sollte genügen.«

Mary Foster schaltete sich hastig ein. »Ich verstehe nicht, warum Monsignore Miles sich zu einer solchen Ansprache entschlossen hat. Gewöhnlich würde man in einem solchen Fall doch sagen ›in dubio pro reo‹. Aber eines kann ich Ihnen versichern, Mr. Thatcher, er hat uns unsere Sache sehr erleichtert.«

Thatcher ergriff die Gelegenheit, ein Wort für die Sloan einzulegen. »Wir aber auch«, erinnerte er sie.

Einen Moment war sie verwirrt. Dann begriff sie, was er meinte. Sie wandte sich ihrem Mann zu. »Du warst gestern nicht zu Hause, als ich aus der Stadt kam. Mr. Thatcher hat sich bereit erklärt, das Geld zum Ankauf des Grundstücks solange zurückzustellen, bis wir eine neue Klage eingereicht haben.«

»Das ist gut«, sagte Foster.

Sal Ianello kaute noch an einer früheren Bemerkung.

»Meinst du, die Leute werden sich so über die Totenrede ärgern, daß sie sich alle hinter uns stellen, Mary?«

»Selbst die, die nicht mit unserem Vorgehen einverstanden sind, werden es mißbilligen, daß ein Fremder so redet«, sagte Mary.

»Und sie haben recht«, warf Pat sehr ernst ein. »Schließlich sind wir die Leidtragenden, wenn St. Bernadette geschlossen wird. Und Frank Omara ist der Mann, der deshalb umgebracht wurde.«

Dick Unger machte den Fehler, die Aufmerksamkeit auf sich zu ziehen. Es gab keinen Beweis, sagte er, daß Omaras Tod irgend etwas mit St. Bernadette zu tun hatte.

Sechs katholische Eltern betrachteten ihn ungläubig. Dann übergingen sie seine Worte schweigend.

»Yeah«, sagte Bob Horvath, als habe Unger überhaupt nicht gesprochen, »selbst Kavanaugh wird sich jetzt vorsehen müssen.«

»Diese miese kleine Kröte«, sagte Larry Foster verächtlich und zeigte zum erstenmal Interesse. »Er spekuliert nur darauf, daß er mit seinem lausigen Schokoladengeschäft schnell und einfach zu Geld kommt, wenn sie auf der anderen Straßenseite dieses Hochhaus bauen.«

Auch Ruthie Horvath hatte ihr Teil beizutragen. »Ich sage Bob immer, daß dieser Kavanaugh viel smarter ist, als wir alle glauben.«

An diesem Punkt ging die Diskussion in eine allgemeine Denunziation des unbekannten Kavanaugh über. Eine Stimme sagte, Kavanaugh habe keine Kinder, eine zweite, er sei ein Unruhestifter, und eine dritte, daß er Father James ständig mit einem Haufen Unsinn in den Ohren läge. Eine Bemerkung Sal Ianellos fesselte die allgemeine Aufmerksamkeit.

»Er muß sich sowieso in acht nehmen«, sagte er wie jemand, der das Offensichtliche beschwört.

Ruthie Horvath war verwirrt. »Wie meinst du das, Sal?«

»Ich meine, daß jemand in dieser Gemeinde verrückt genug war, Frank Omara umzubringen, bloß weil er den Elternverband geführt hat. Ich halte Phil Kavanaugh nicht für besonders intelligent, aber doch für intelligent genug, um zu merken, daß jetzt nicht der Zeitpunkt ist, sich als der Verrückte Nr. 1 herauszustellen.«

»Ich hoffe, Sie haben das gehört, Unger«, bemerkte Thatcher liebenswürdig, als sie zum Wagen gingen.

»Ja, und es hat mir gar nicht gefallen.«

Es freute Thatcher, die Angst in Ungers Gesicht zu sehen. Für gewöhnlich hatte er es lieber, wenn auch seine Mitmenschen ihr Leben genossen. Aber wenn ein Tornado am Horizont drohte, dann zog er Leute vor, die vernünftig genug waren, sich in den Keller zu verziehen.

»Alle in der Kirche waren überzeugt, daß Omara in seiner Eigenschaft als Vorsitzender des Elterverbandes umgebracht worden ist.«

»Sie können sich irren«, sagte Unger störrisch.

»Zugegeben, obwohl ich das für sehr unwahrscheinlich halte. Aber was mir Sorgen macht, ist die selbstverständliche Art, mit der sie annehmen, daß nicht nur das Opfer, sondern auch der Mörder zu ihrer Gemeinde gehörten.«

»Wollen Sie etwa sagen, daß Sie diesen Leuten glauben? Und daß Horvath das nächste Opfer sein wird?« erkundigte Unger sich entsetzt.

»Ich hoffe inbrünstig, daß das nicht der Fall sein wird. Aber ich warne Sie: Ich werde keinesfalls eine Sache finanziell unterstützen, bei der einer nach dem anderen umgebracht wird, ganz egal, wieviel Gewinn dabei für die Sloan herausspringt.«

»Ich auch nicht«, sagte Unger.

»Aber so schlimm wird es wahrscheinlich nicht werden. Ich dachte vielmehr daran, daß die Leute eines Tages unter der Spannung durchdrehen. Bis jetzt haben sie sich ja alle sehr vernünftig benommen. Aber man kann kaum erwarten, daß das noch lange währt.«

Unger nagte an seiner Unterlippe. »Bis jetzt ist ja alles nur Klatsch und Gerede«, sagte er. »Die Publicity ist gar nicht so schlecht gewesen. Ich nehme an, daß die Polizeiberichte ziemlich harmlos waren. Und die Zeitungen haben die Verbindung zwischen dem Mord und St. Bernadette auch nicht betont.«

»Glauben Sie, daß das noch lange so bleibt?« fragte Thatcher scharf. »Unter diesen Umständen? Wenn Tausende von Leuten über diesen Zusammenhang reden?«

»Meinen Sie, daß die Bombe jetzt hochgeht?« Ungers Stimme klang wachsam. »Haben Sie unter den Leuten Reporter gesehen?«

»Nein«, erwiderte Thatcher ungeduldig. »Ich weiß nicht, was

den Anstoß geben wird. Aber eines weiß ich bestimmt. Diese Gemeinde ist wie ein Stapel Dynamit. Mit dem Mord an Francis Omara ist die Zündschnur gelegt worden. Jetzt brauchen wir nur noch jemanden, der mit einem Streichholz daherkommt.«

8

Thatcher wußte nicht, daß das Streichholz bereits lustig knisternd in seinem Büro brannte. Und in St. Patrick, in der Unger Realty Corporation und dem Briefkasten von Mr. und Mrs. Larry Foster.

Im Schutze seiner Unwissenheit konnte Thatcher den Rest der Fahrt nach Manhattan damit verbringen, zu überdenken, was er soeben gesehen und erlebt hatte. ›Gemeinde‹, entschied er, war ein Wort, das zu oft in abwertendem Sinn gebraucht wurde. Der Gottesdienst, den man für Francis Omara gehalten hatte, hatte einem Mann der Gemeinde gegolten, nicht einem bedeutenden Mann in bedeutender Stellung. Aber seine Witwe war nicht allein mit ihrem Schmerz. Nicht nur ihre Kirche würde Kathleen Omara Trost spenden, sondern jedes Mitglied ihrer kleinen Welt.

Im modernen Amerika, das wußte Thatcher, war dies fast – wenn auch noch nicht ganz – anachronistisch. Es gab noch Oasen, wo menschliche Beziehungen der Unpersönlichkeit nicht zum Opfer gefallen waren. Die Gemeinde St. Bernadette in Flensburg, New York, bildete eine echte Gemeinschaft. Aber hielt sie dem Vergleich mit einem malerischen, kleinen Städtchen in Vermont stand? In der Tat, entschied Thatcher, als er aus dem Wagen stieg, jedes sichtbare Zeichen von *communitas* provoziert unweigerlich abwertende Bemerkungen, wenn es nicht in einer ländlichen Umgebung auftritt.

Er betrat sein Büro, als Miss Corsa soeben die neueste Ausgabe von *Time* auf seinen Schreibtisch legte. Da Miss Corsa von Gewohnheiten niemals ohne Grund abwich, akzeptierte er dies als Aufforderung.

Die Umschlagseite des Magazins war in impressionistischer Manier gestaltet, und in weiser Voraussicht der Tatsache, daß die Botschaft in flammend purpurnen und rosa Punkten den Lesern entgehen könnte, hatten die Herausgeber die Übersetzung quer über die rechte Ecke gedruckt: KATHOLISCHE SCHULEN IN AUFRUHR!

»Ich dachte, Sie würden sich vielleicht für Seite achtzig interessieren«, sagte Miss Corsa.

»Vielen Dank«, sagte Thatcher und schlug rasch die betreffende Seite auf. Rote Linien rahmten zwei Spalten und ein Foto ein. Das Foto zeigte St. Bernadette. DER TOD TRIFFT EINEN KATHOLIKEN sagte die Überschrift. Thatcher überflog den Artikel mit wachsendem Interesse. Dem Leser wurde Einsicht in die städtischen Probleme Flensburgs gewährt, vom säumigen Schneefegen über unzureichende Müllabfuhr bis hin zu hohen Steuern. Aber der entscheidende Schlag kam im letzten Absatz:

> »Letzte Woche wurde das in zwei Lager gespaltene Flensburg durch einen Ausbruch von Gewalt in Schrecken versetzt. Der zweiundvierzigjährige Francis Omara, Vorsitzender und Begründer des Elternverbandes, wurde im behelfsmäßigen Büro des Verbandes am Jackson Boulevard ermordet aufgefunden. Während die Polizei Spuren und Hinweise verfolgt, glauben viele fromme, katholische Eltern in Flensburg, daß Frank Omara den Märtyrertod für ihre gute Sache gestorben ist.«

»Oh, oh!« sagte Thatcher, und eine Menge Leute – angefangen bei Dick Unger und dem Kardinal – taten ihm leid. Zog man die Verbreitung von *Time* in Betracht, so würde Frank Omara, dessen Leben nur seiner Gemeinde gehört hatte, im Tod Teil eines größeren Bezirks werden.

Und John Putnam Thatcher machte sich keine Illusionen darüber, was das bedeutete.

Dasselbe traf auf Monsignore Miles zu.

Das erste Exemplar der *Time,* das die Schwelle der bischöflichen Kanzlei überquerte, verursachte einen Aufruhr.

»Das ist eine Verleumdung!« donnerte Bischof Shuster. Einen Augenblick war er sprachlos ob der ungeheuerlichen Unterstellung von *Time.* »Sie könnten genausogut behaupten, wir hätten ihn auf dem Gewissen!«

»Das können sie doch unmöglich meinen!« stotterte Henry Stonor bestürzt.

»Ich wüßte gern«, sagte Monsignore Miles, »wieviele Leute in Flensburg eben dies denken.«

Das ließ die Anwesenden zunächst verstummen. Seine Kollegen starrten ihn an, bis er sich der unglücklichen Wahl seiner Worte bewußt wurde.

»Nein, nein, ich will damit natürlich nicht sagen, daß sie glauben, wir hätten tatsächlich zum Fleischerbeil gegriffen. Aber glauben sie, daß Francis Omara getötet wurde, weil er unsere Pläne bekämpfte? Das ist die Frage.«

Unbehagliches Schweigen breitete sich aus. Alle wußten, daß der Monsignore eine Antwort erwartete. Aber keiner war bestrebt, sie zu geben. Schließlich murmelte ein unbedeutender Geistlicher, daß manche Leute sich eben immer auf die unangenehmste Interpretation stürzten.

Monsignore Miles Augen waren halb geschlossen, während er die Antwort erwog.

»In diesem Fall«, sagte er schließlich, »haben die Leute recht.«

»Das ist undenkbar«, sprudelte Stonor.

Miles' Antwort war schärfer als beabsichtigt. »Ich fürchte, wir werden die Sache so betrachten müssen, Henry. Das hier« – und er schlug mit seinem knochigen Finger auf die Ausgabe der *Time* – »macht es notwendig.«

Bischof Shuster war jetzt, da ihn ernste Befürchtungen ergriffen hatten, ruhiger. »Was glauben Sie, wieviel Schaden das anrichten wird?«

Miles war fast barsch. »Es wird eine verfahrene Situation noch schlimmer machen.«

In Flensburg waren die Fosters die ersten, welche die schlechten Nachrichten entdeckten. Im Gegensatz zu Bischof Shuster wurde Mary Foster bei Beunruhigung noch aufgeregter.

»Mein Gott, Larry!« schrie sie fast. »Begreifst du nicht, was das anrichten wird?«

Larry hatte seinen dunklen Anzug ausgezogen und schlüpfte in eine Windjacke. »Die Aufregung ist schon da«, sagte er geistesabwesend. »Ich verschwinde für ein paar Stunden, Mary. Du brauchst mich doch jetzt nicht?«

Gegen ihren Willen sprach sie lauter als gewöhnlich. »Millionen werden das lesen! Wir werden es nicht mehr auf die Gemeinde beschränken können . . .«

»Oh, es wird schon nicht so schlimm werden«, erwiderte er, die Hand am Türgriff.

»Im Gegenteil«, prophezeite sie. Aber er war schon verschwunden.

Am nächsten Tag hatte die Unglücksbotschaft auch die Westindischen Inseln erreicht.

»Tag, Dad«, sagte Dick Unger ins Telefon. »Wie ist das Wetter bei euch?«

Das Telefon explodierte.

»Klar, Dad, wir haben die Sache in der Hand ... Ja, ja ... Mir ist klar, daß uns das zum Nachteil gereicht.«

Wieder unterbrach ihn das Telefon. Unger junior sah sich wild in seinem leeren Büro um. »Nein«, sagte er. »Ich mache keine idiotischen Fehler.«

Das Telefon ließ ihn nicht ausreden.

»Vollkommen«, sagte der Sohn mit harter Stimme, ein Echo der seines Vaters. »Ich kann die kommenden Schwierigkeiten ebenso klar sehen wie du.«

Das Prophezeien mag keine exakte Wissenschaft sein, aber wenn allgemeine Übereinstimmung besteht, daß bis zur völligen Klärung noch ein langer Weg ist, stimmt die Prognose gewöhnlich. Und in der Tat kamen weitere Schwierigkeiten auf St. Bernadette zu. Art und Ausmaß waren allerdings überraschend.

Pat Ianello betrachtete in offener Bestürzung die Besucherin aus Scarsdale, die ihr im Hauptquartier des Verbandes gegenübersaß. Dann zwang sie sich mit einiger Anstrengung zu sprechen.

»Aber Mrs. Kirk, ich fürchte, daß wir das nicht machen können ...«

Mrs. Kirk war eine schlanke junge Frau mit glattem blonden Haar, quadratischer Brille, Teddymantel und einem bodenlangen Halstuch.

Mrs. Kirk hatte keine zehn Minuten gebraucht, um Pat zu überzeugen, daß sie eine geborene Managerin war. Darauf beschränkte sich jedoch schon ihre Ähnlichkeit mit Mary Foster. Mary war fähig und vernünftig. Außerdem blieb sie immer mit beiden Füßen auf der Erde. Mrs. Kirk hingegen begeisterte sich für moralische Höhenflüge, dazu war sie von lähmender Beredsamkeit. Sie ignorierte Pats Einwand und fuhr mit ihrer Vorlesung fort.

»... die moderne Kirche. Unsere Organisation schickt sogar Delegierte zu der Konferenz in Holland. Wie Sie sehen, haben wir beachtliche Erfahrung im Kampf gegen engstirnige Kirchenpolitik. Wir sind der Kirche gegenüber absolut loyal. Aber wir werden nicht zulassen, daß wir in den Vorstellungen des neunzehnten

Jahrhunderts gefangengehalten werden. Die amerikanische Hierarchie ist die konservativste – ja reaktionärste – der ganzen Welt!«

Pat Ianello hob verteidigend die Hand. Mrs. Kirk war jedoch nicht zu bremsen.

»Sehen Sie, der ganze Trick liegt in der Art und Weise, wie Sie protestieren. Und da können wir Ihnen helfen. Jane Brady hat für ›Frauen streiken für den Frieden‹ gearbeitet, und ihr Mann ist ein guter Freund von George McGovern . . .«

Pat stammelte einen erstickten Protest. Mrs. Kirk sah sie freundlich an.

»Sie haben ja noch nicht mal einen Streikposten vor der Tür«, sagte sie und ließ ihre Kritik humorvoll klingen. »So bringen Sie es nie zu etwas . . .«

»Mrs. Kirk«, brachte Pat schließlich hervor, »wir wollen keine Streikposten. Würden Sie bitte den Frauen da draußen sagen, daß sie abrücken sollen? Vielen Dank, aber gehen Sie!« Ihre Stimme wurde gefährlich laut.

»O nein«, sagte Mrs. Kirk gelassen. »Wir sind hier, um Ihnen zu helfen, und wir werden helfen.«

Pat wußte, wann sie geschlagen war. Sehnsüchtig blickte sie zum Telefon. Wenn sie je Hilfe benötigt hatte, dann in diesem Augenblick, aber nicht von der Art, die Mrs. Kirk ihr offerierte.

Auf der anderen Straßenseite marschierten vor St. Bernadette zehn von Mrs. Kirks Streiterinnen auf und ab. Auch sie trugen haarige Mäntel und kamen aus sozial bewußten Vororten. Aber es waren nicht die Ziegenfelljacken, die den Verkehr auf dem Jackson Boulevard zum Erliegen brachten, es waren die Transparente:

KATHOLISCHE FRAUEN FORDERN GEBURTENKONTROLLE
DAS MODERNE FLENSBURG BRAUCHT EINE MODERNE KIRCHE
KÖNNEN PRIESTER IN DIESER SACHE ENTSCHEIDEN?
FAMILIENPLANUNG IST KEINE SÜNDE

»O du lieber Gott«, sagte Pat und wandte sich vom Fenster ab, zu dem sie voller Entsetzen wie magisch hingezogen worden war. Der Anblick von Phil Kavanaugh, der soeben aus der Beichte geschlichen kam, verdoppelte ihr verzweifeltes Verlangen nach Unterstützung.

Mrs. Kirk fuhr fort: »Wir drucken gerade einige Informationsbroschüren, die wir verteilen werden, sobald sie fertig sind. Ich weiß, Sie haben das da« – mit einem Nicken deutete sie auf die Vervielfältigungsmaschine und tat sie als Spielzeug ab –, »aber Sie werden sehen, daß die Reaktion auf professionelles Material wesentlich stärker ist. Als wir von der Situation hier gelesen haben, machten wir uns sofort an die Arbeit. Wir haben die Flugblätter mit einer Menge Hinweise auf Flensburg und St. Bernadette versehen. Er ist ungeheuer wichtig, dieser lokale Anstrich. Die Leute interessieren sich nicht für allgemeine Probleme – auch nicht bei Geburtenkontrolle und der Schließung von Schulen. Aber sobald Sie von Geburtenkontrolle in Flensburg oder der Schließung von St. Bernadette reden, sollten Sie mal sehen, was passiert!«

Pat wollte über Geburtenkontrolle in Flensburg noch nicht einmal nachdenken. Statt dessen schickte sie ein verzweifeltes Stoßgebet zum Himmel. Als die Tür sich öffnete, drehte sie sich hoffnungsvoll um. Aber es war nicht die Antwort auf ihr Gebet. Es war Ruthie Horvath.

»Pat!« sagte sie atemlos. »Hast du gesehen, was draußen los ist? Wo kommen die her? Du solltest Kavanaugh hören!«

Kühl stellte Mrs. Kirk sich vor und erklärte, daß ihre Gruppe, der National Laienverband für eine Reform der Geburtenkontrolle, seine belagerten Verbündeten schwesterlich zu unterstützen bereit war. Der Flensburger Elternverband, sagte sie knapp, konnte offenbar fachmännischen Rat brauchen.

Ruthie war entweder von dem wehenden Halstuch oder von der überdeutlichen Ausdrucksweise beeindruckt.

»Ich glaube nicht, daß Bob es für eine sonderlich gute Idee halten wird«, sagte sie zweifelnd.

Mrs. Kirk lächelte, noch immer freundlich. »Nach der letzten Meinungsumfrage interessieren sich die katholischen Frauen am meisten für Geburtenkontrolle und Kindererziehung, habe ich recht? Wer bekommt schließlich die Babies? Und wer möchte, daß sie die bestmögliche Erziehung erhalten?«

Ruthie war die Gutmütigkeit selbst, doch selbst die hatte ihre Grenzen. »Aber auch katholische Frauen machen die Babies nicht allein, müssen Sie wissen«, deutete sie an.

Alles, was sie hervorrief, war Nachsicht gegenüber einer überholten Philosophie. Aber Ruthie ließ nicht locker.

»Ich bin immer noch überzeugt, daß Bob das nicht gutheißen wird, Pat. Nach Phil Kavanaughs Gesichtsausdruck zu urteilen, könnte man meinen, jemand verschenkt Zehn-Dollar-Scheine.«

Pat machte eine heroische Anstrengung. »Sehen Sie, Mrs. Kirk«, begann sie mit vor Eifer gerötetem Gesicht, »wir wissen Ihr – Ihr Angebot durchaus zu schätzen. Aber wir glauben wirklich nicht, daß Flensburg ... Daß wir ...«

Aber um Mrs. Kirk den Wind aus den Segeln zu nehmen, mußte man schon ein schwereres Geschütz auffahren. Glücklicherweise öffnete sich in diesem Augenblick die Ladentür von neuem. Pat drehte sich um, zuerst erleichtert, dann bestürzt. Gott hatte Verstärkung in Gestalt von Mary Foster gesandt. Aber ihr auf den Fersen folgte Father Doyle.

»... und Vater, ich verstehe nicht, wie Sie glauben können, wir hätten diese Sache inszeniert! Wir haben gar keine Ahnung – Pat, was – um alles in der Welt – bedeutet dieser Zirkus draußen?« rief Mary.

Hilflos deutete Pat auf Mrs. Kirk.

Noch immer unbeeindruckt, setzte Mrs. Kirk zu einer neuerlichen Rede an. Aber dazu bekam sie keine Gelegenheit mehr.

»Wer Sie auch sein mögen«, sagte Mary Foster, »sehen Sie zu, daß diese Störenfriede hier verschwinden!«

»Gib's ihr!« sekundierte Ruthie.

Father Doyle blickte sich verwirrt um. Schließlich wandte er sich an Pat. »Patricia!« rief er. »Du steckst doch nicht etwa hinter diesen Pöbeleien?«

Pat war den Tränen gefährlich nahe, aber Mrs. Kirk war aus härterem Holz geschnitzt. Sie beugte sich keiner Form von Autorität.

»Dies sind verantwortungsbewußte und hingebungsvolle katholische Christen, Vater«, informierte sie ihn. »Wir sind von tiefer und lebensnotwendiger Sorge um unsere Kirche erfüllt. Und daß Sie das einfach als Pöbelei abtun, beweist nur, wie viele Gemeindepfarrer keine Ahnung von den Problemen haben, denen sich der moderne, aufgeschlossene Katholik gegenübersieht!«

Father Doyle suchte einen Augenblick nach einer passenden Entgegnung, aber Mary Foster kam ihm zuvor.

»Hören Sie mal gut zu«, sagte sie zu Mrs. Kirk. »Sie kämpfen Ihren Kampf und wir den unsrigen. Wir brauchen Sie nicht. Sorgen Sie dafür, daß diese Frauen hier verschwinden!«

Auch Mrs. Kirk war nur ein Mensch. »Sie haben die Hilfe bitter nötig«, fauchte sie zurück. »Selbst wenn Sie es nicht wahr haben wollen. Sie sind ja zwanzig Jahre hinter der Zeit zurück!«

Mary kniff die Augen zusammen. »So, bin ich das?«

Father Doyle schlug mit einer gichtigen Faust auf den Tisch. »Sie sollten sich was schämen!«

». . . versuchen, Kontakt mit der Realität zu halten. Ihr wißt ja überhaupt nicht, was los ist . . .«

»Hören Sie, junge Dame. Verschwinden Sie, und lassen Sie uns in Ruhe!«

». . . die ganze Struktur des modernen Katholizismus . . .«

Ruthie war zum Fenster hinübergegangen. »He«, sagte sie, aber die anderen waren zu beschäftigt, um zuzuhören, »da draußen steht ja jetzt ein Aufnahmewagen vom Fernsehen. Sie drehen schon. O mein Gott, da singt Kavanaugh ihnen gerade sein Lied vor. Warte nur, bis Bob das sieht. Der geht geradewegs durch die Decke.«

Mary Foster blitzte Mrs. Kirk mit gerötetem Gesicht an. »Hören Sie zu, Mrs. Kirk«, sagte sie, um Beherrschung bemüht. »Sie müssen doch begreifen, daß Sie mit Ihrer Geburtenkontrolle uns nur neue Feinde schaffen. Wir haben kein Interesse an Geburtenregelung. Wir wollen nur St. Bernadette retten. Die meisten Leute, denen die Schule am Herzen liegt, wollen nicht in andere Dinge verwickelt werden.«

»Darf ich Sie daran erinnern . . .«, begannn Father Doyle.

Aber Mrs. Kirk hatte Erfahrung im Ignorieren von Priestern. »Das ist es ja gerade«, schrie sie wütend. »Die Leute im Hinterhof wollen bloß in nichts verwickelt werden! Begreifen Sie denn nicht, daß es für uns Katholiken niemals einen wirklichen Fortschritt geben kann, solange wir noch an diesen lächerlichen, überholten Sexvorstellungen kleben? Wie kann man den Leuten allen Ernstes weismachen wollen, daß sie eine Todsünde begehen, wenn sie die Pille nehmen? Wie kann man einer Frau befehlen, nein zu ihrem Mann zu sagen? Und Sie behaupten, daß die Familie heilig ist! Oder die Ehe ein Sakrament! Das müssen wir alles ans Tageslicht bringen, sonst gibt es für die Kirche keine Hoffnung mehr!«

Damit brachte sie drei ihrer Zuhörer zum Schweigen. Father Doyle und Mary Foster begriffen jeder auf seine Weise, daß sie hier mit Vernunft nicht weiterkamen. Er stand stumm, wütend und voll Mißbilligung da. Mary zerbrach sich den Kopf nach anderen Waffen. Pat Ianello, ungefähr im selben Alter wie Mrs. Kirk, war es soeben klar geworden, wen Mrs. Kirk mit ›Hinterhof‹ angesprochen hatte. Sie war sprachlos vor Wut.

Doch Bobs Ruthie nahm den Fehdehandschuh auf; und sie schlug sich nicht schlecht.

»Ich verstehe durchaus, daß es Ihnen Spaß macht, hinter einem Haufen Publicity herzurennen«, sagte sie gelassen. »Es gibt eben Leute, die sich gern im Fernsehen und in den Zeitungen sehen. Schließlich haben wir alle nichts gegen ein bißchen Aufregung. Unterbricht den monotonen Alltag, sage ich immer. Aber vergnügen Sie sich doch in Ihrem eigenen Hinterhof. Hier will Sie keiner.« Ruthies Stimme klang jetzt sehr freundlich. »Wir haben selber genug Probleme. Warum verziehen Sie sich also nicht dahin, wo Sie hergekommen sind?«

Mrs. Kirk hob die Nase noch ein Stückchen höher. »Uns kommt es darauf an«, verkündete sie, »allen Katholiken zu helfen!«

Father Doyle war eben soweit, sich dieser frevelhaften Torheit anzunehmen, als der nächste Eindringling erschien. Ein untersetzter Mann betrat den Laden, lüftete seine Kosakenmütze und machte sich daran, weiteres Öl ins Feuer zu gießen.

»Gehe ich recht in der Annahme, daß dies der St. Bernadette-Elternverband ist? Mein Name ist George Carew. Ich vertrete den Städtischen Council Engagierter Katholischer Laien. Wir haben die Entwicklung hier in Flensburg mit Interesse verfolgt, und offerieren Ihnen hiermit unsere tatkräftige Unterstützung. Unsere fahrbare Bücherei ist angewiesen, für die Dauer der Auseinandersetzung in Flensburg zu bleiben. Unsere Notstandseinheiten sind in Alarmbereitschaft versetzt ...«

9

Die ersten Böen des öffentlichen Wirbelsturms bewirkten eine augenblickliche Umorientierung der meisten Beteiligten an der St. Bernadette-Kontroverse.

In der Verwaltung der Erzdiözese hatte Monsignore Miles wenig Zeit für Gemeindeschulen. Telefonate und Telegramme gingen zwischen New York und Rom hin und her. Beratende Ausschüsse tagten nonstop. Wachsame Augen ließen die Massenmedien keinen Augenblick unbeobachtet. Henry Stonor feuerte eine Gegensalve nach der anderen ab.

Für den Elternverband war das alles ein schlimmer Schock. An vertrauliche Verhandlungen, in denen man letzten Endes vielleicht doch noch zu einem Kompromiß gekommen wäre, war nicht mehr zu denken. In der Welt der Massenmedien und allgegenwärtigen Reporter mußte ihre Sache untergehen. Wie konnten sie überleben? Sollten sie sich einflußreiche Verbündete suchen? Und was am wichtigsten war, würde überhaupt jemand Zeit haben, ihnen zuzuhören? Ihre Sorge war unübersehbar.

Die dramatischste Wende vollzog sich im Pfarrhaus von St. Bernadette. Father Doyle, der bisher den Aufstand der Laien gegen die Hierarchie der Kirche unterstützt hatte, stand jetzt voll hinter dem Kardinal. Für einen Mann seines Alters und seiner Gewohnheiten hätte diese Sinneswandlung eine Quelle des Trostes sein sollen. Aber unglücklicherweise war er nicht der einzige Geistliche, der sich um 180 Grad drehte. Kaplan James hatte ein neues Betätigungsfeld gefunden. Und mit dem häuslichen Frieden im Pfarrhaus war es ein für allemal zu Ende.

»Ich weiß, ich bin achtundsechzig«, sagte Father Doyle zähneknirschend zu einem alten Freund, »aber wenn dieser junge Mann mich über die Last der Keuschheit aufklären will, sollte er wirklich einsehen, daß ich besser weiß, was es damit auf sich hat.«

Dick Unger beobachtete die Wogen der Leidenschaft aus der Ferne. Er hoffte, in diesem Durcheinander die Netze nach St. Bernadette zu neuem auswerfen zu können.

»Ich sah, daß der Elternverband in Schwierigkeiten war«, vertraute er später Thatcher an. »Niemand schenkte ihnen Beachtung, und da dachte ich, versuchen kannst du's ja mal. Zuerst wollten sie nicht mitmachen.«

»Es ist doch ganz klar, was er vorhat«, sagte Mary Foster ärgerlich. »Warum sollten wir uns dieses Projekt in Staten Island ansehen? Wir haben genug anderes zu tun.«

Bob Horvath kniff die Augen zusammen und las mühsam den Brief. »Er schreibt, daß er uns mal Gelegenheit geben will, selbst zu sehen, wie eines seiner Projekte den Wert eines Bezirks erhöht hat.«

»In Staten Island?« fragte Ruthie, als läge es in Idaho.

»Es gehört noch zur Stadt«, sagte ihr Mann, der als Lieferwagenfahrer die Karte im Kopf hatte.

»Es spielt doch keine Rolle, wo es ist«, beharrte Mary Foster. »Wir sind nicht interessiert.«

»Oh, ich weiß nicht«, erwiderte Sal Ianello nachdenklich.

»Wir interessieren uns nicht für die Aufwertung von Wohnbezirken! Uns geht es nur um St. Bernadette!«

»Kein Grund, sich gegenseitig anzuschreien, Mary«, eilte Pat Ianello ihrem Mann zu Hilfe.

Mary fuhr sich mit dem Handrücken über die Stirn. »Entschuldige«, sagte sie. »Aber dir würde es vermutlich auch nicht anders gehen, wenn du seit fünf hier im Laden säßest. Und davor war ich noch bei Kathleen Omara.«

»Nimm doch ein Sandwich«, drängte Ruthie, die belegte Brote offenbar als Allheilmittel betrachtete. »War's schlimm, Mary?«

Mary war nicht sehr mitteilsam. »Sie trägt es so gut, wie man erwarten konnte. Franks Vater hat es am schlimmsten getroffen.«

In dem folgenden Schweigen lag aufrichtiges Mitgefühl und ein bißchen Beschämung. Wie schnell vergaß man doch die Leiden der anderen.

»Na ja«, sagte Mary müde und dann mit bewußtem Stimmungswechsel, »Im Hauptquartier hatten wir heute über zweihundert Leute. In weniger als drei Stunden.«

Ruthies Gesicht erhellte sich. »Hast du noch mehr Fragebogen verteilt?«

»Fragebogen!« Mary lachte verächtlich. »Darum ging's ihnen doch nicht. Sie wollten die Pille! Man scheint irgendwie zu glauben, daß wir davon ein Vorratslager halten.«

Seit der ersten Fernsehreportage hatten sich viele falsche Vorstellungen über die Ziele des Elternverbandes breitgemacht.

»Und wenn man es sich richtig überlegt«, sagte Pat nachdenklich, »dann trägt der Name ›Elternverband‹ auch nicht gerade zur Beseitigung des Mißverständnisses bei.«

Aber Ruthie wurde sich gerade erst der Folgerungen aus Marys Bericht bewußt. »Willst du etwa sagen, daß Katholiken die Pille wollten?« fragte sie und riß ungläubig die Augen auf.

»Es waren alles Katholiken, Ruthie.«

»Das verstehe ich nicht«, wunderte sich Ruthie. »Sie wissen doch, daß es gegen die Lehre der Kirche ist. Wenn sie ihre Kinder nicht so schnell hintereinander haben wollen, warum benutzten sie dann nicht Knaus-Ogino?«

Mary und Pat öffneten gleichzeitig den Mund und schlossen ihn wieder. Zwischen Ruthies erstem und zweitem Kind lagen sechs Jahre. Auch Mary und Pat hatten von ihren endlosen Reisen zu Ärzten gehört, weil sie schwanger werden wollte.

»Manche Leute«, sagte Pat und sah woanders hin, »haben eben Schwierigkeiten damit.«

»Will jemand noch ein Bier?« erkundigte sich Bob. »Komm mit in die Küche, Sal.«

Doch vor Ruthie hatte sich eine neue Welt aufgetan. »Willst du damit sagen, daß es Frauen gibt – hier in St. Bernadette –, die Verhütungsmittel benutzen?« verlangte sie zu wissen.

»Vermutlich. Und jetzt«, fuhr Mary boshaft fort, »haben sie auch Father James auf ihrer Seite.«

Pat war entrüstet. »Das sieht ihm ähnlich. Wen interessiert schon, was *er* über Verhütungsmittel denkt? Schließlich kann jeder die Pille ohne fremde Hilfe bekommen.« Womit sie Ruthie mit der vollen Wahrheit konfrontierte. »Aber eine Gemeindeschule bekommt man nicht ohne fremde Hilfe.«

Als Bob und Sal vorsichtig den Kopf zur Tür hereinsteckten, ergriff Mary die Gelegenheit, das Thema zu wechseln. »Und Mr. Richard Unger wird uns dabei nicht helfen. Wir sollten ihm eine höfliche Absage schicken.«

Sal war nicht sicher. »Ich glaube nicht, daß das richtig wäre.«

Mary war enttäuscht. »Sal!« rief sie. »Liegt dir daran, daß smarte Geschäfte und teure Wohnungen nach Flensburg kommen? Ich dachte, du machst dir Sorgen um St. Bernadette.«

»Sicher, sicher«, sagte Sal schnell. »Ich weiß, daß Unger uns einwickeln will. Aber vielleicht sollten wir versuchen, *ihn* einzuwickeln.«

Die Mitglieder des Elternverbandes waren ehrliche Leute. Dieser Vorschlag versetzte sie in offene Bestürzung.

»Warum, zum Teufel?« fragte Bob angriffslustig.

»Weil wir den Tatsachen ins Auge sehen müssen«, sagte Sal eindringlich. »Ihr wißt, was los ist. Seit drei Tagen haben wir nicht mehr mit Monsignore Miles sprechen können. Jedesmal, wenn wir anrufen, führt er ein Ferngespräch mit Rom.«

»Vielleicht«, schlug Ruthie vor, »redet er mit Seiner Eminenz über uns.«

»Sehr wahrscheinlich!« knurrte ihre bessere Hälfte.

»Niemand hat Zeit, mit *uns* über uns zu reden. Wir sind zu unwichtig. Wir brauchen einen Mittelsmann, jemanden, der mit Monsignore Miles reden kann und unseren Standpunkt kennt.« Sal stützte die Hände auf den Tisch und blickte Zustimmung heischend in die Runde.

Bob Horvath blieb skeptisch. »Wieso glaubst du, daß der Monsignore Zeit hat, mitten in diesem Tohuwabohu mit Unger zu reden?«

»Vier Millionen Dollar«, sagte Sal nüchtern. »Das ist es, was Unger hat, und was uns fehlt.«

»Ah!« Es war ein langer Seufzer der Bewunderung.

Pat ging natürlich mit fliegenden Fahnen ins Lager ihres Mannes über.

»Nun, das machen zwei von euch für Mr. Unger. Aber ich bleibe dabei, daß es ein schrecklicher Gedanke ist, aufzugeben«, sagte Mary Foster widerspenstig.

»Komm, komm, Mary, du kannst nicht leugnen, daß Geld schmiert. Als Politikerin weißt du das«, brummte Horvath.

»Ich leugne es auch nicht«, gab Mary zurück. »Die Frage ist nur, zu wessen Vorteil.«

»Es kann doch nicht schaden, den Mann höflich zu behandeln. Ich stimme dafür, daß Sal geht. Er versteht sich auf solche Sachen besser als ich, und außerdem kann ich mir sowieso nicht freinehmen.«

Ruthie, der Bobs Teilnahme an der Beerdigung und seine Aktivitäten für den Elternverband schon schlaflose Nächte bereitet hatten, stimmte ihm sofort zu.

»Also schön«, sagte Mary gutmütig. »Ich gebe zu, daß es keinen Sinn hat, wenn wir alle gehen. Obwohl ich immer noch nicht einsehe, was es uns nutzen soll.«

»Hat es genutzt?« erkundigte Thatcher sich vierundzwanzig Stunden später.

»Ich weiß nicht genau«, antwortete Unger ausweichend. »Es ist jedenfalls ganz anders verlaufen, als ich erwartet hatte. Die Ianellos kamen beide, und ich war bereit, sie in Grund und Boden zu reden. Der Komplex, den wir drüben in Richmond gebaut haben, ist unser Schaustück. Ich habe ihnen also in meinem Büro eine Reihe von vergrößerten Fotos gezeigt, die wir in der Nachbarschaft gemacht haben, bevor wir mit dem Bau anfingen. Reihen leerer Geschäfte, abbruchreife Häuser, unbebaute Grundstücke, die als Müllhalden benutzt wurden.«

Thatcher nickte. »Ich weiß, wie so was aussieht.«

»Dann habe ich sie zu dem Projekt rausgebracht. Wirklich, Sie würden nicht glauben, daß es noch derselbe Ort ist. Alles neu aufgebaut, sauber, zehn Blocks weit kein leeres Grundstück. Ich habe darauf hingewiesen, wie bequem es ist, alle Geschäfte so nahe zu haben. Und dann habe ich meinen Trumpf ausgespielt. Ich sage: ›Wenn Sie an Ihre Kinder denken, dann müssen Sie die Gemeinschaft als Ganzes im Auge haben‹.« Unger hielt inne, offensichtlich auf Applaus wartend.

»Und was haben sie geantwortet?«

Seufzend kehrte Unger auf den Boden der Tatsachen zurück.

»Dann geschah etwas Merkwürdiges«, gab er zu. »Sie fingen an, mit mir zu reden! Sie sagten, ihnen wäre klar, daß ich als Makler handele. Aber es gäbe Zeiten, in denen ich die Dinge nicht als Geschäftsmann, sondern als Mensch betrachten solle. Daß ich ein Interesse an Bezirken haben müsse, selbst wenn ich nicht dort wohnte.«

Zum erstenmal wünschte Thatcher, er hätte an dieser Exkursion teilgenommen. »Wer hat gewonnen?« erkundigte er sich interessiert.

»Ich würde sagen, es war ein Unentschieden. Sie waren damit einverstanden, dem Elternverband meine Argumente darzulegen. Und ich habe mich bereiterklärt, mit Monsignore Miles über sie zu sprechen.«

»Ich würde gern wissen«, überlegte Thatcher, »ob Ianello je erwogen hat, für eine Bank zu arbeiten. Haben Sie übrigens einen Eindruck bekommen, was jetzt in Flensburg los ist?«

»Schwer zu sagen«, erwiderte Unger zurückhaltend. »Die Lage scheint sich von einer Minute zur andern zu ändern.«

Thatcher wurde deutlicher. »Glauben Sie etwa noch immer, daß Sie dieses Hochhaus bauen werden? Ich meine, angesichts der Dinge, die inzwischen passiert sind?«

Unger erhob sich. »Ja, das glaube ich«, sagte er.

Es war eine tief empfundene Feststellung. Thatcher hätte nur gern genau gewußt, *was* für tiefe Empfindungen sie ausdrückte.

Nachdem er Dick Unger hinausbegleitet hatte, kehrte er in sein Büro zurück. In der Tür blieb er stehen. Miss Corsa war in ein ernstes Gespräch mit einem Mann vertieft, der neben ihrem Schreibtisch saß. Nur sein Rücken war sichtbar – ein kräftiger, wettergegerbter Nacken, kraftvolle Schultern und eine Windjacke mit der Aufschrift CONNORS LIEFERWAGEN SIND ÜBERALL. Dies war kein alltäglicher Anblick in den Direktionsräumen der Sloan Guaranty Trust. Noch ungewöhnlicher war die Tatsache, daß Miss Corsa zu beschäftigt war, um Thatchers Gegenwart wahrzunehmen.

». . . und die Messe in Englisch zu halten«, sagte Miss Corsa entrüstet. »Meine Großmutter versteht Englisch nicht!«

»He, sieh an!« Der Mann war entzückt. »Meine Großmutter auch nicht. Sie hat schon genug Schwierigkeiten beim Beichten, seit sie aus Altoona gekommen ist. Vielleicht könnten Sie einwenden, daß sie auch Latein nicht versteht, aber an Latein war sie gewöhnt!«

»Richtig!« Die beiden verstanden sich prächtig. »Es ist nicht recht, alte Leute so durcheinanderzubringen – oh, da sind Sie ja, Mr. Thatcher.«

Der Mann drehte sich um, und Thatcher war nicht überrascht, als er Bob Horvath erkannte. Während sie sich die Hände schüttelten, murmelte Horvath, er wisse gar nicht, ob Mr. Thatcher Zeit für ihn habe.

»Mr. Horvath ist gekommen, um Sie über die neueste Entwicklung in St. Bernadette zu unterrichten.« Miss Corsas Stimme war ehrerbietig, wie es sich für eine perfekte Sekretärin gehörte, aber Thatcher war schließlich nicht auf den Kopf gefallen.

»Großartig«, sagte er, öffnete die Tür zu seinem Büro und bot dem Gast einen Sessel an.

Während Thatcher sich eifrig damit beschäftigte, Papierstöße von seinem Schreibtisch auf einen Abstelltisch zu räumen, setzte Horvath unbeholfen zur Eröffnung an.

»Ich weiß nicht, ob das von Interesse für Sie ist. Ich war in der Stadt, um bei Mr. Ericson ein paar Papiere zu unterschreiben, und er sagte, Sie müßten eine Kopie bekommen. Und Rosie meinte, Sie würden schon verstehen, also habe ich gedacht, wir könnten darüber reden.«

Der Papierstoß schwebte zwei Zentimeter über dem Tisch. Thatcher erstarrte volle zehn Sekunden lang, als habe ihn ein elektrischer Schlag getroffen. Er wußte, daß es das Ende ihrer Welt bedeutete, würde *er* von Miss Corsa je als ›Rosie‹ sprechen.

»Ja«, sagte er, »reden wir darüber.«

»Zuerst habe ich mal dieses Dokument.« Versunken starrte Horvath die großen Buchstaben auf der blauen Mappe an. *»Robert C. Horvath gegen Joseph, Kardinal Devlin.* Allerhand, was?«

Thatcher versuchte, die Wolke des Staunens zu durchdringen, die Horvath einhüllte. »Ich nehme an, Ericson ist zu allem bereit«, sagte er ermutigend.

»Ja«, meinte Horvath ohne große Begeisterung. »Aber es ist nur fair, wenn ich Ihnen sage, daß die Dinge jetzt ganz anders liegen. Wir haben diese Mrs. Kirk am Hals, um nur eine zu nennen.«

»Mrs. Kirk?«

»Sie ist diese Empfängnisverhütungsdame.« Tapfer ersparte Horvath sich jede weitere Beschreibung. »Haben Sie schon von ihr gehört?«

»Ja, ja, natürlich. Ihr Name war mir nur entfallen.«

»Sie tut ihr Bestes, um das Ganze in ein Tollhaus zu verwandeln. Wir können nichts dagegen tun, aber wir wollen auf alle Fälle vermeiden, daß die Leute auf falsche Gedanken kommen.«

Thatcher wurde klar, daß eine Verständigung mit Horvath hauptsächlich eine Sache des Ahnens und Ratens sein würde. »Sie möchten also nicht, daß die Sloan glaubt, Sie würden diese Dame unterstützen?«

Horvath war erstaunt.

»Himmel, nein! Wer würde das schon? Nein, ich wollte sagen, daß Pat und Sal den Typ von der Maklergesellschaft getroffen haben. Er glaubt, daß der Elternverband zusammenbricht. Und Father James hat den Leuten erzählt, was der Monsignore denkt. Die meisten von Ihnen bekommen damit falsche Vorstellungen. Sie glauben, wir geben auf. Aber das ist nicht der Fall. Wir haben für Mrs. Kirk nichts übrig, aber wenn es sein muß, nun ...« Voll Abscheu hielt er inne.

»Notfalls werden Sie auch sie benutzen?«

Horvath war erleichtert, daß jemand anderer es für ihn aussprach. »Genau.«

»Und die Dinge werden häßlicher, als wir ursprünglich angenommen hatten?«

Plötzlich fiel Horvath das Reden nicht mehr schwer. »Einen Mord haben wir schon. Ich glaube nicht, daß es noch häßlicher werden kann. Für Mrs. Kirk ist es ein Spaß, und für diesen Unger ein Geschäft. In Flensburg aber liegt die Sache wesentlich ernster.«

Thatcher nickte schweigend. Mit Horvaths Logik war alles in Ordnung.

Daß er keine Antwort bekam, störte Horvath nicht. Es freute ihn, daß seine Worte längeres Nachdenken ausgelöst hatten. Abwartend saß er da und blickte ernst und störrisch drein.

Schließlich faßte Thatcher einen Entschluß. »Als ich am Tag der Beerdigung mit Ihnen sprach, schienen Sie alle sicher zu sein, daß

Francis Omara wegen des Elternverbandes umgebracht worden ist. Glauben Sie das noch immer?«

»Ich weiß nicht, was ich glauben soll. Ein Ort wie Flensburg, eine Gemeinde wie St. Bernadette, ist im Grunde sehr klein. Wir alle kennen einander. Es sagt sich so leicht, wir haben einen Irren unter uns, aber wenn man ihn dann tatsächlich nennen müßte – wer sollte es sein?«

»Aber es wäre jemand, den Sie kennen?«

Horvath spreizte die Hände. »Wenn es jemand ist, der durchdreht, nur weil wir nicht vor dem Kardinal auf die Knie fallen, dann ist es doch wahrscheinlich jemand, den wir jeden Sonntag in der Kirche sehen, oder?«

Wieder war Thatcher von Horvaths Logik beeindruckt. »Warum wissen Sie dann nicht, was Sie glauben sollen?«

»Weil wir auch Frank Omara kannten. Was ich sagen will: er wurde wegen des Elternverbandes umgebracht, und es war kein Irrer!«

Thatcher wußte, daß es so nicht weitergehen konnte. Er wurde geschäftlich.

»Ich glaube nicht, daß die Sloan etwas für Sie tun kann. Ich kann nur wiederholen, daß wir das Geld für dieses Projekt nicht auf unbestimmte Zeit bereithalten. Sie haben Ihre neue Klage eingereicht. Wenn Sie den Verkauf lange genug hinausschieben können, werden wir der Unger Realty unsere Unterstützung entziehen. Aber Sie sind sich doch wohl darüber klar, daß es noch andere Banken gibt, die Unger das Geld leihen könnten.«

»Es scheint hier mehr als genug von der Sorte zu geben«, bemerkte Horvath mißbilligend.

»Andererseits hat man gesagt, daß Willard Ericson sich ausgezeichnet darauf versteht, Zeit zu schinden.« Zweifelnd hielt Thatcher inne. Wußte Horvath überhaupt, wovon er redete? Da Ericson berüchtigt war und die Sache oft genug hinausgeschoben hatte, würde doch wohl jede Bank der Welt so reagieren wie die Sloan?

Überraschenderweise beschloß Horvath, noch einmal auf den Mord zu sprechen zu kommen. »Die Polizei hat alle Leute verhört, die an dem letzten Treffen mit Frank teilgenommen haben. Als er sich so darüber aufregte, daß jemand den Elternverband ausnutzt. Sie glauben, daß er mit jemandem darüber gesprochen hat und deshalb umgebracht wurde.«

»Sie haben auch mich verhört.«

Diese Neuigkeit interessierte Horvath. »Dann«, sagte er streng, »haben sie vermutlich auch mit Unger gesprochen?«

Ah, da lag also Horvaths Verdacht.

»Ja, das haben sie«, antwortete Thatcher ohne Umschweife.

»Wenn erst dieser Mord aufgeklärt ist, wird das Leben in Flensburg wesentlich einfacher werden«, verkündete Horvath und erhob sich.

Thatcher wußte nicht, was bei diesem Gespräch eigentlich herausgekommen war. Horvath schien allerdings erleichtert. Umso besser, aber während Thatcher ihn zur Tür brachte, fragte er sich nach dem Grund.

In der Tür blieb Horvath stehen.

»Wissen Sie, Mr. Thatcher, ich bin froh, daß ich in die Stadt gekommen bin.« Er lächelte unbeholfen. »Jetzt, wo die Sache mit der Klage doch noch klappt und Sie von der Sloan uns helfen – ja, wirklich, ich glaube, in Flensburg werden sich die Wogen glätten.«

»Wir dürfen uns einfach nicht unterkriegen lassen«, sagte Bob Horvath daheim in Flensburg zu den Mitgliedern des Aktionskomitees.

»Aber, Bob! Was sollen wir denn tun?« sagte Mary Foster geduldig. »Du willst doch nicht etwa, daß wir mit Mrs. Kirk auf die Barrikaden gehen?«

Bob Horvath sah sie aus zwei sehr klaren, blauen Augen an. »Nur der Umstand, daß du eine Dame bist, Mary, hält mich davon ab, dir zu sagen, was du meinetwegen mit diesem Weib tun kannst.« Fast alle Vorstellungen, die Horvath von Weiblichkeit gehabt hatte, waren von Valerie Kirks Äußerungen, Taten und Ansichten verletzt worden.

»Bob, mir geht es genauso wie dir«, sagte Mary ernsthaft, »aber entweder machen wir mit, oder wir machen so weiter wie bisher. Früher oder später wird sie aus Flensburg verschwinden, aber wir werden noch hier sein.«

»Wir schon, aber St. Bernadette auch?«

Mary starrte ihn an. Dann sah sie sich um. »Was meint ihr?« fragte sie die anderen mit einer Hilflosigkeit, die man bei ihr gar nicht gewohnt war. Es kam selten vor, daß Mary Foster nicht wußte, was sie tun sollte.

»Ich glaube, Bob hat recht«, sagte Sal unglücklich.

Pat und Ruthie beschränkten sich auf feierliches Kopfnicken.

»Ich behaupte ja nicht, daß Mrs. Kirk die Lage hoffnungslos gemacht hat«, sagte Mary plötzlich.

»So ist's recht.« Horvath nickte beifällig.

Mary lächelte voller Zuneigung. »Aber mir wäre wohler, wenn wir einen konkreten Plan hätten.«

»Den brauchen wir, weiß Gott. Und zwei Köpfe sind besser als einer.« Horvath lehnte sich zurück wie ein Mann, der eine umfassende Strategie ausgearbeitet hat.

»Weiter so«, echote Ruthie pflichtschuldig.

Alle warteten.

»Immerhin sind wir fünf«, sagte Sal schließlich auf gut Glück.

»Nein, nein.« Horvath suchte nach Worten. »Die Wahrscheinlichkeit, daß wir auf eine gute Idee kommen, ist wesentlich größer, wenn wir versammeln. Wir sind schließlich nicht dazu da, den anderen das Denken abzunehmen«, schloß er gekränkt.

Sal Ianello hatte eine Erleuchtung. »Du meinst, wir sollten den ganzen Elternverband zusammenrufen? Alle zweihundert?«

Bob Horvath nickte nachdrücklich.

»Das könnten wir natürlich«, sagte Sal zweifelnd; er kannte die Ergebnisse solcher Vollversammlungen nur zu gut. »In einer Notlage könnte vielleicht doch jemand eine gute Idee haben.«

Mary und Ruthie gaben ihre Zustimmung. Pat Ianello jedoch schien in Gedanken verloren.

»Also, Schatz«, drängte Sal. »Du bist selbständiges Mitglied dieses Komitees.«

Alle lächelten. Diese Formalität schien überflüssig, wenn ein Paar sich so einig war wie die Ianellos.

Pat bekam als einzige den Scherz nicht mit. Erschrocken blickte sie auf.

»Oh, ich bin schon einverstanden. Berufen wir einen Versammlung ein. Aber ich will euch eins sagen: Holen wir auch Mr. Ericson dazu. Er scheint ein Mann mit Ideen zu sein!«

10

»Ich habe ein, zwei kleine Ideen«, sagte Ericson befriedigt, als der Zug sich mit einem Ruck in Bewegung setzte.

Thatcher ermahnte sich zur Höflichkeit. »Da bin ich sicher. Würden Sie mir auch sagen, welche?«

Ericson schüttelte den Kopf. »Ich möchte lieber abwarten, wie sich die Versammlung heute abend entwickelt. Wahrscheinlich muß ich improvisieren. Aber Sie werden nicht bedauern, gekommen zu sein.« Er hielt inne, um seinen Begleiter mit Blicken zu messen. »Das Dumme mit euch Leuten in den Elfenbeintürmen ist, daß ihr vergeßt, wie der kleine Mann auf Druck reagiert. Diese Fahrt wird Ihnen guttun!«

Das Dröhnen während der Unterquerung des East River machte eine Antwort unmöglich. Was vielleicht besser war. Thatcher verbiß sich eine instinktive Antwort. Weshalb nahm Ericson an, wunderte er sich, daß die Sloan Guaranty Trust von der Realität weiter entfernt war als Carruthers & Carruthers?

»Eigentlich war ich den Gefühlen des St. Bernadette-Elternverbandes schon zur Genüge ausgesetzt«, sagte er, als der Lärm nachließ.

»Ach das!« Ericson wurde belehrend. »Ich rede doch von etwas ganz anderem. Was sie erreichen wollen, wissen sie – daß die Schule weiterbesteht. Also sollten sie über die Strategie nachdenken. Mit Demonstrationen und Geburtenkontrolle haben sie das Zeug zu einer echten Protestbewegung. Aber ein lebensnotwendiger Bestandteil fehlt. Und müssen wir erst fragen, was es ist?«

Ericson holte Luft, um seine eigene Frage zu beantworten und verschenkte damit den Effekt.

»Sie brauchen einen sozial relevanten Angelpunkt«, bellte Thatcher. Er war schon immer ein Fuchs gewesen.

Ericson war über diese Unterbrechung nicht erfreut. »So könnte man es nennen«, sagte er sauer. »Und ich werde ihnen diesen einen Angelpunkt liefern, um den sich die ganze Bewegung scharen wird.«

»Sagen Sie«, erkundigte Thatcher sich liebenswürdig, »ist es vielleicht die Gleichberechtigung der Frauen?«

Ericson riß die Augen auf. »Wie bitte?«

»Schon gut.« Thatcher wischte seine Frage beiseite. »Ein Irrtum meinerseits.« Trotzdem, es war schade, überlegte er. Er hätte dazu Bob Horvaths Gesicht sehen wollen.

Inzwischen hatte Ericson sich wieder gesammelt. »Ich glaube, das Potential organisierter Opposition in Flensburg wird Sie überraschen. Das heißt, wenn es gelenkt wird.«

Dies löste bei Thatcher böse Ahnungen aus. Miss Corsa, das wurde ihm jetzt klar, hatte wieder einmal von Anfang an gesehen, woher der Wind wehte. Aber war das so überraschend? Sie bewegte sich schließlich auf vertrautem Boden, während ihm alles fremd war. Was wußte er überhaupt von diesem Teil New Yorks? Wohin fuhr zum Beispiel dieser Zug? Was ihn betraf, so konnten sie sich ebensogut auf dem Weg zu einem entfernten Vorort Bukarests befinden.

»In Flensburg kann mich so ziemlich alles überraschen«, verkündete er ehrlichen Herzens.

Sie erreichten St. Bernadette ein paar Minuten vor dem offiziellen Beginn der Versammlung. Thatcher ließ Ericson vorgehen, der sich zu den Mitgliedern des Komitees gesellte. Er selbst suchte sich einen unauffälligen Platz am Ende der ersten Reihe. Von dort aus würde er in der Lage sein, alle drahtzieherischen Machenschaften rechtzeitig zu erkennen.

Die Menge war groß und aufgeregt. Arbeitsoveralls saßen neben Geschäftsanzügen; rosa Lockenwickler neben sorgfältig frisierten Köpfen. Und dann waren da natürlich die überlebenden Mitglieder des Aktionskomitees.

Sie schienen beunruhigt, als sie Ericsons Gruß erwiderten.

»N'Abend«, antwortete Bob Horvath mit besorgter Stimme. Er beobachtete, wie alle zweihundert Mitglieder des Elternverbandes hereinströmten. Plötzlich deutete er auf einen Mann an der Klimaanlage. »Das ist kein Mitglied«, brummte er.

»Wir können ihn nicht 'rauswerfen, Bob«, sagte Pat Ianello. »Außerdem ...«

Außerdem wurde rasch klar, daß heute abend mehr als zweihundert Leute anwesend sein würden.

»Jesus«, murmelte Horvath, »ich hoffe nur, daß das nicht wieder eine Demonstration wird.«

»Ich denke«, schlug Willard Ericson vor, »daß wir soweit sind, nicht wahr, Herr Vorsitzender?«

Bob erhob sich unglücklich.

»Also, wir können – können Sie mich alle verstehen dort hinten? Gut – ich denke, wir können anfangen.« Er warf einen Blick auf seinen Block. »Als ersten Punkt der Geschäftsordnung werden wir das Protokoll der letzten Sitzung verlesen. Mary – ich wollte sagen, Mrs. Foster, bitte.«

Ein paar Leute klatschten. Mary Foster stand auf. Mit klarer, ruhiger Stimme verlas sie eine Zusammenfassung der Punkte, die man auf der letzten Sitzung des Elternverbandes besprochen hatte.

Es fiel Thatcher auf, daß diese Präliminarien nicht von dem üblichen Füßescharren und Husten begleitet wurden. Im Saal herrschte vollkommene Stille, die nur von allgemeinen Seufzern unterbrochen wurde, wenn Mary Foster den Namen Frank Omara erwähnte.

Dies beunruhigte Bob Horvath offensichtlich und verwirrte Mary Foster, die gegen Ende ihrer Rede zu schnell sprach. Die kleine Mrs. Ianello sah aus, als löse sie ein schwieriges Rätsel. Nur Willard Ericson war unbeeindruckt.

Das Protokoll und der Rechenschaftsbericht des Schatzmeisters wurden einstimmig gutgeheißen. Danach kam die Menge an die Reihe. Thatcher wurde klar, daß die Ereignisse Flensburg ebenso verwandelt hatten wie Willard Ericson. Mrs. Valerie Kirk hatte ihr Ziel erreicht: In Flensburg eine heftige Reaktion auszulösen. In Flensburg war der zündende Funke übergesprungen. Die Eltern wollten weder Gewalt noch Demonstrationen – aber sie wollten kraftvoll, eindringlich und unzweideutig handeln.

Ein vernünftiges, gemäßigtes Programm zur Rettung der Schule blieb jedermanns erklärtes Ziel. Aber nach zwanzig Minuten hitziger Diskussion stellte Thatcher fest, daß es an guten Ideen mangelte.

»Vielleicht dürfte ich jetzt ...« sagte Ericson mit schneidiger, fröhlicher Stimme.

Thatcher sah, daß der Augenblick gekommen war.

»Sicher, sicher«, sagte Bob Horvath ziemlich verzweifelt. Willard Ericson stand auf und taxierte die mehr als zweihundert enttäuschten und wütenden Männer und Frauen. Thatcher lehnte sich zurück. Jetzt würde er den Auftritt eines erstklassigen Rechtsanwaltes genießen können. Ericson verstand vielleicht nicht viel von Frömmigkeit, aber er war ein Meister widersprüchlicher Situationen. Was deutlich gemacht werden mußte, ließ er kinderleicht erscheinen. Was verschwiegen werden sollte, verschleierte und verhüllte er, und ließ es, falls nötig, völlig in der Versenkung verschwinden. Kurz gesagt, wenn es zu einer Kontroverse kam, verstand Willard Ericson mehr von angewandter Psychologie als so mancher Psychologe, dem Thatcher begegnet war. Zwischenmenschliche Beziehungen ließen Ericson kalt. Aber er wußte, was zu tun war, damit man einen Fall gewann.

Er blickte über die Menge seiner Zuhörer, und sie blickten hoffnungsvoll zurück.

»Ich verstehe Ihre heftige Reaktion auf die Entwicklungen der letzten Zeit durchaus«, sagte er schmeichelnd. »Aber wir müssen vernünftig sein und uns auf das Hauptanliegen Ihrer – unserer Organisation konzentrieren. Und das ist doch die Rettung der St. Bernadette-Schule, nicht wahr?«

Diese lauwarme Formulierung dämpfte die Begeisterung etwas. »Das stimmt«, murmelten ein paar strickende Frauen, die den Vorgängen nicht gefolgt waren.

Mary Foster fühlte offenbar, daß Ericson mehr Unterstützung verdiente. »Ja, das stimmt«, verkündete sie laut.

»Mir ist aufgefallen«, sagte Ericson bescheiden, »daß der Plan, St. Bernadette an die Unger Realty zu verkaufen, dieser Gemeinde einen weiteren ortsfremden Grundbesitzer bringt, obwohl sie bereits zu viele davon hat.«

Das also war die Katze im Sack, dachte Thatcher anerkennend.

»Bei meiner Erkundung der hiesigen Lage«, fuhr Ericson fort und schwenkte seine Fahne so auffällig wie irgend möglich, »habe ich in Betracht gezogen, daß der Plan der Unger Realty, der Sloan, und ich bedaure sagen zu müssen, auch Kardinal Devlins, im Hinblick darauf gefaßt worden ist, daß dieses Projekt das Ansehen des Bezirkes hebt. Auch wenn wir jetzt einmal von dem Verlust Ihrer Schule absehen, habe ich festgestellt, daß sich sämtliche betroffenen Häuser im Besitz ortsansässiger Bürger und in ausgezeichnetem Zustand befinden ...«

»Da haben Sie verdammt recht!« sagte eine aufrührerische Stimme. »Wir streichen unsere Häuser alle zwei Jahre – und was haben wir davon? Wir müssen höhere Steuern zahlen!«

Ericson ignorierte diesen Einwurf. »Aber dort, wo die Häuser heruntergekommen und baufällig sind – kurz gesagt, wo Flensburg wirklich eine Verbesserung nötig hätte –, dort werden Sie feststellen, daß der Besitzer ortsfremd ist.«

»Mensch, das kann man ruhig zweimal sagen«, ließ sich eine andere Stimme vernehmen. »Die Stufen vor unserer Haustür sind seit drei Jahren kaputt. Jeden Monat rufe ich an ...«

»Sie kennen ja die Geschäfte am Jackson Boulevard«, sagten die Leute zueinander.

»... der Plan, daß ein großangelegter Neubau, der auch eine geliebte Schule zerstören wird, notwendig ist, um diesen Bezirk zu verbessern, ist unhaltbar«, sagte Ericson streng. Er schien das immer lauter werdende Murmeln der Zustimmung nicht zu hören.

»Ich schlage deshalb vor, daß diese Organisation einen Protest gegen ortsfremde Hauswirte formuliert und gleichzeitig ein Programm aufstellt, das die Einhaltung der verschiedenen städtebaulichen Vorschriften fordert.«

»Weiß Gott!« Bob Horvath wurde ganz aufgeregt. »Damit können wir sie endlich dazu bringen, daß der lausige Fahrstuhl in unserem Haus repariert wird.«

Beschuldigungen gegen außerhalb ansässige Hauswirte schwirrten durch den Raum.

»... vor acht Uhr wird nicht geheizt ...«

»... also habe ich angerufen. Ich sagte, dieser Kühlschrank hier ist zwölf Jahre alt ...«

»... sie haben versprochen ...«

Willard Ericson war noch nicht fertig. »Ich glaube, eine – äh – öffentliche Demonstration des guten Willens der Flensburger, zur Verbesserung ihres Bezirkes beizutragen, würde die schwächlichen Argumente für ein Apartmenthaus an Stelle von St. Bernadette ein für allemal widerlegen. Ich glaube, es sollte eindrucksvoll klargemacht werden, daß Flensburg auf die Hilfe Außenstehender nicht angewiesen ist.«

Thatcher sah, daß sie dem alten Fuchs aus der Hand fraßen. *Außenstehende* war das Wunderwort.

»Ich werde natürlich in der Zwischenzeit alle rechtlichen Hebel in Bewegung setzen, um den Verkauf zu verhindern ...«

Thatcher bezweifelte, daß irgend jemand Ericsons letzte Worte gehört hatte, so geschickt hatte er die Lage zu seinen Gunsten gewendet.

»Das ist die Lösung«, sagte Bob Horvath mit frischem Mut. »Zeigen wir ihnen, zeigen wir allen, daß die Probleme hier in Flensburg nur uns selbst betreffen. Wir können uns allein darum kümmern!«

Beifall, gefolgt von weiteren Beispielen über Hausbesitzer. Dann erhob sich ein junger Mann in der ersten Reihe und räusperte sich.

»Herr Vorsitzender, ich möchte einen Antrag stellen.«

»Bitte, bitte«, sagte Bob Horvath. Er hatte die Sache nicht mehr in der Hand, täuschte es aber auch nicht vor.

Befangen fuhr der Sprecher fort: »Ich beantrage, daß der Name des St. Bernadette-Elternverbandes in Flensburger Gemeindeverband geändert wird.«

»Ausgezeichnet«, murmelte Ericson und rieb sich die Hände.

»Weil«, sagte der junge Mann und kam langsam in Fahrt, »wir nicht nur um St. Bernadette kämpfen. Wir kämpfen für unsere ganze Gemeinschaft. Man könnte sagen, unsere Lebensweise!«

Beifall brauste auf. Jetzt fehlte bloß noch eine Blaskapelle, die ›The Stars and Stripes Forever‹ spielte.

Weitere zwanzig Minuten unkontrollierter Gefühlsausbrüche folgten. Eine protestierende Mary Foster versuchte, sich Gehör zu verschaffen.

»Aber Mr. Ericson! Was haben wir denn davon? Was soll ein Gemeindeverband erreichen?«

Ericson antwortete ihr nur indirekt. Er konsultierte ein weiteres Blatt Papier. Dann beugte er sich vor und sprach mit Horvath.

»Großartig, großartig!« sagte Horvath wild. »Schon gut, Sie da unten. Ruhe! Mr. Ericson wird uns jetzt sagen, was wir tun müssen.«

Thatcher war ebenso gespannt wie die anderen Leute im Saal.

II

Willard Ericsons Instinkt für den rechten Augenblick war in jahrelanger Prozeßerfahrung zur Perfektion herangereift. Meister, der er war, brachte er das Meeting zu einem Ende, als die Wogen der Begeisterung sich überschlugen.

Aufgeregte Grüppchen wanderten in dem großen Saal umher, zogen Hut und Mantel an und versicherten einander ihrer Hilfe und Unterstützung. Das Komitee selbst beugte sich über Ericsons Aktenkoffer, während dieser ein Dokument nach dem anderen hervorzog. Wo man hinblickte, entdeckte man Entschlossenheit und gratulierte sich selbst.

»So muß mans machen!« rief ein vertrocknetes, kleines Männchen und drängte sich an Thatchers Seite. »Was ich Ihnen über meinen Hauswirt erzählen könnte!«

»Halten Sie das wirklich für eine gute Idee?« fragte Thatcher.

Der Mann packte Thatchers Arm.

»Da stimmt nur eins nicht –, daß es nämlich Jahre zu spät kommt. Aber das ist nur typisch für diese Bummler. Machen einen Riesenwirbel um die Schule, ja, das können sie, obwohl sie genau wissen, daß es eine Sünde ist, sich gegen den Kardinal aufzulehnen. Aber an meine Bruchbude von Wohnung denken sie nicht!«

Thatcher versuchte, hinter diese merkwürdige Mischung von Zustimmung und Kritik zu kommen.

»Dann sind Sie also für den Verkauf der Schule?«

»Der Kardinal muß es schließlich wissen, oder? Und das Hochhaus gibt uns einen tollen Aufschwung, oder nicht?« Der hagere Kopf hüpfte bei jeder Frage nach vorn.

Thatcher frage sich, wie er unauffällig verschwinden konnte, als Rettung erschien.

»Mr. Thatcher? Haben Sie einen Augenblick Zeit?«

Die Stimme kam ihm bekannt vor, aber es dauerte einen Moment, bis Thatcher den dunklen, drahtigen Mann erkannte.

»Ich bin Sal Ianello. Wir sind einander schon begegnet.«

Thatcher gab ihm die Hand.

Der Griff des Alten um seinen Arm wurde fester. »He, sind Sie dieser Bankier? Hören Sie, diese Leute vom Verband vermitteln Ihnen eine völlig falsche Vorstellung von Flensburg. Wir *wollen* das Hochhaus!«

Ianello griff ein. Über dazwischenliegende Köpfe rief er seiner Frau zu: »Wir gehen einen Kaffee trinken, Pat. Komm doch auch in die Cafeteria. Und sag Ericson Bescheid.« Dann wandte er sich an den Alten. »Tut mir leid, Phil, aber wir habens eilig.«

Ein paar Minuten später standen sie draußen in der regennassen Straße. Ianello klappte seinen Kragen hoch und entschuldigte sich.

»Ich hoffe, Sie haben nichts dagegen, Mr. Thatcher. Ericson sagte, es würde noch eine Viertelstunde dauern. Und ich konnte sehen, daß Sie Kavanaugh loswerden wollten.«

Thatcher erwiderte, daß er sich freue, gerettet worden zu sein. Dann kam ihm sein Gedächtnis zu Hilfe. »Ist das dieser Kavanaugh, über den Sie auf der Beerdigung gesprochen haben? Er scheint ein begeisterter Anhänger von Monsignore Miles zu sein.«

Ianello lachte verächtlich, als sie die Cafeteria an der Ecke betraten. »Phil ist ein begeisterter Anhänger seines eigenen Portemonnaies. Ihm gehört das kleine Schokoladengeschäft gegenüber von St. Bernadette. Als die Neuigkeit von dem Hochhaus bekannt wurde, sah er eine Möglichkeit, leicht zu Geld zu kommen. Ein Angebot hat man ihm schon gemacht. Er hat es abgelehnt, weil er glaubt, daß er noch besser verkaufen kann. Und wenn das Hochhaus gebaut wird, behält er natürlich recht.«

Thatcher wurde einiges klar. »Ich verstehe. Sein Laden gehört ihm, aber in seiner Wohnung wohnt er zur Miete.«

Ianello nickte schweigend. Er brütete über einem anderen Problem. Als er schließlich zu reden begann, fiel es ihm schwer, seine Gedanken in Worte zu fassen.

»Ich bin nicht nur wegen Kavanaugh zu Ihnen gekommen. Ich wollte mit Ihnen sprechen, Mr. Thatcher. Sie kommen von der Wall Street und wissen, wie diese Staranwälte vorgehen.« Er hielt inne; offensichtlich wußte er nicht, wie er fortfahren sollte. »Ist Ericson immer so?«

Thatcher versuchte zu helfen. Er erklärte, daß er Ericson nicht näher kenne. Dann fügte er hinzu, daß Ericson selbst die Verwunderung seiner Partner erregt hatte.

Diese unschuldige Feststellung gab Ianello zu denken.

»So, sie sind also auch überrascht«, sagte er nachdenklich. »Wissen Sie, ich habe einen Anwalt meiner Firma gefragt. Er sagte mir, daß Ericson seit vielen Jahren Teilhaber bei Carruthers ist und Spezialist in Preisbindungsfragen. Er hat sich einen Ruf als Mann der Tat gemacht.«

»Ja?« brummte Thatcher ermutigend. Er verstand nicht, warum Ianello diese beruflichen Erfolge mit so finsterer Miene aufzählte. »Halten Sie seine Methoden für zu drastisch?« erkundigte er sich.

Sal antwortete nicht. Statt dessen hatte er plötzlich eine Idee. »Ericson hat gerade ein ganzes Bündel von Vorschlägen vorgelegt. Die würde ich mir gern mal ansehen.«

Thatcher war nicht davon begeistert, eine kritische Analyse von Ericsons Verhalten geben zu müssen. Auf der anderen Seite war er nach Flensburg gekommen, um zu erfahren, was ihn in Zukunft erwartete. Und hier bot sich ihm eine einmalige Gelegenheit.

Während Sal zur Theke ging, warf Thatcher einen Blick auf das Dokument, das Ianello ihm gegeben hatte. Es war drei Seiten lang, und Ericson hatte sich selbst übertroffen. Klagen, Massenproteste und Eingaben an die Legislative liefen einander den Rang ab. Eine unwahrscheinliche Aufstellung möglicher Verbündeter wurde ins Auge gefaßt – von Mrs. Valerie Kirk über die Republikanische Partei bis zu den Black Panthers. Ericson mochte St. Bernadette damit retten, aber gleichzeitig würde er die Erzdiözese in ein Schlachtfeld verwandeln, die politische Macht in Flensburg ergreifen, die Hälfte aller Hauswirte vertreiben und die Messe wieder in Latein halten lassen.

»Sehr umfassend«, sagte Thatcher so unverbindlich wie möglich.

»Eine ganze Menge davon verstehe ich überhaupt nicht«, gab Sal zu und knallte zwei Tassen Kaffee auf den Tisch. »Aber eines weiß ich doch – man wird kein Experte in Preisbindung und unlauterem Wettbewerb, indem man sich aufspielt wie ein Irrer!«

»Was befürchten Sie dann? Daß Ericson durchdreht?«

»Ich weiß nicht genau, was ich eigentlich befürchte.« Sal nahm vorsichtig einen kleinen Schluck, bevor er fortfuhr: »Ich beginne mich zu fragen, ob es ihm wirklich um St. Bernadette geht. Wenn man ein paar Hundert Leute hat, die sich alle zu einem Ziel drängeln, gibt es auch einige kleine Nebenwirkungen. Teufel noch mal, wenn man das hier als Schlachtplan benutzt« – er schlug auf Ericsons Liste –, »sogar ziemlich große. Vielleicht hat Ericson die ganze Zeit darauf spekuliert. Vielleicht war er deshalb so großzügig.«

Thatcher hörte viel lieber zu, als daß er redete. Er war erleichtert, als Pat Ianello an ihren Tisch trat.

»Nur Kaffee, Sal«, sagte sie, als ihr Mann aufstand. Dann wandte sie sich an Thatcher. »Was halten Sie von dem Meeting?«

Thatcher versuchte Zeit zu gewinnen. Er fragte sich, ob sie den Verdacht ihres Mannes teilte. »Es war nicht ganz das, was ich erwartet hatte«, gestand er.

»Das hatte niemand erwartet. Und ich weiß ganz einfach nicht, was ich tun soll. Mary und ich müssen uns zusammensetzen.«

»Das ist Mrs. Foster?«

»Ja. Sehen Sie, wenn dieser Verband jetzt zu einer Protestbewegung von Mietern wird, dann sehe ich nicht, wo Mary und ich da hineinpassen. Für Bob ist es okay. Er wohnt zur Miete, ein paar Blocks weiter unten. Aber auf uns trifft es nicht zu. Mary hat ein eigenes Haus. Ja, ich glaube, sie hat sogar zwei, seit ihre Mutter tot ist. Und Sal und ich wohnen im zweiten Stock des Hauses meiner Eltern.«

»Sie können sich also nicht über ortsfremde Hauswirte beklagen?«

»In der ersten Zeit unserer Ehe hätten Sal und ich sogar nichts dagegen gehabt, wenn wir ein bißchen weniger von unseren Hauswirten gesehen hätten«, sagte Pat schelmisch.

»Hast du etwas mit Mary beschlossen?« fragte Sal, der mit einem Tablett zurückkam.

»Nein, sie will mit mir reden, wenn sie von Ericson und Bob loskommt. Bob versucht, sie zum Bleiben zu bewegen.« Nachdenklich zog Pat die Brauen zusammen. »Das kann man ihm natürlich nicht verdenken. Mary und ich machen den größten Teil des Papierkrams. Aber Mary kann wesentlich besser organisieren als ich, Bob wäre wirklich aufgeschmissen, wenn sie zurücktritt.«

»Ganz zu schweigen davon, daß er irgendwo die Miete auftreiben müßte«, bemerkte Sal. Er gab Thatcher eine Erklärung. »Frank Omara hat die Miete für unseren Laden aus eigener Tasche bezahlt. Noch läuft die Miete, die er ein paar Tage vor seinem Tod bezahlt hat. Mary hat sich jetzt bereit erklärt, die Kosten zu übernehmen.«

»Ich weiß noch nicht mal, wieviel es ist, oder an wen es gezahlt wird«, gestand Pat. »Wahrscheinlich noch einer von unseren ortsfremden Hauswirten. Viel kann es eigentlich nicht kosten. Aber der Verband hat wenig Geld, und jede Kleinigkeit hilft.«

Sal wurde ungeduldig. »Wenn man mitten in der Fahrt die Richtung ändert, muß man eben die Konsequenzen tragen. Das Dumme mit diesem Meeting heute abend ist, daß jeder etwas anderes will, angefangen bei Mrs. Kirk. Es gibt sogar ein paar Einfaltspinsel, die Monsignore Miles lynchen wollen, weil er den ganzen Mist angefangen hat, indem er St. Bernadette verkaufen wollte. Und«, schloß er, »wenn es noch lange so weitergeht, organisiere ich ein paar Leute, um Willard Ericson zu lynchen.«

Die Reaktion seiner Frau war gelassen. »Alle wollen immer etwas anderes, Sal. Ich meine auf lange Sicht. Wir haben sie alle unter einen Hut gebracht, weil wir für den Augenblick ein gemeinsames Ziel hatten.«

»Sie müssen dort einhaken, wo die Begeisterung am größten ist«, sagte Thatcher vorsichtig. »Aber wo trifft das auf Flensburg zu?«

»Ich rede vom Elternverband«, ließ Sal sich aus. »Ich glaube, wenn man es recht überlegt, vertritt Bob die größte Gruppe. Das sind diejenigen, denen eine Welt voller netter kleiner Kinder vorschwebt, die aus der Pfarreischule in große, ehrbare Familien heimkommen. Sie wollen, daß es so bleibt, vergessen aber, daß das eine andere Welt war. Sie vergessen überhaupt, daß es eine Menge Schlechtigkeit in dieser Welt gibt – wie Kinder, die auf Abwege geraten, und Väter, die Säufer sind und ihre Frauen schlagen.«

Pat unterbrach ihn. »Und sie vergessen das Wichtigste: daß sie zusammengehalten haben, weil sie alle arm waren. Und arm hat noch nie jemand sein wollen.«

Thatcher gab ihr recht. Mrs. Ianello war offenbar in der Lage, wirtschaftliche Grundlagen zu erkennen, welche die meisten Soziologen übersahen.

Sal ignorierte sie beide. »Und dann sind da Leute wie Pat und ich. Wir wissen, daß neunzehnhundertvierunddreißig endgültig vorbei ist, und wir wollten es noch nicht mal geschenkt haben! Wir machen uns Sorgen um die Schulen, wir haben Angst, daß unsere Kinder mit Drogen und Terror in Berührung kommen. Also werden wir in ein paar Jahren in die Vorstädte ziehen. Aber Drogen und Terror vermutlich auch.«

Thatcher sah einen Widerspruch. »Dann scheint Ihr Elternverband ja doch repräsentativ zu sein«, sagte er.

»Nein«, erklärte Pat hastig. »Sal wollte sagen, daß mit uns allein aus dem Elternverband nie etwas geworden wäre. Die Sache auf die Beine gestellt haben Frank Omara und Mary Foster. Wir wußten nicht, was wir tun sollten, wie die Sache überhaupt anzupacken war. Aber Frank hatte das größte Bestattungsunternehmen in Flensburg. Er kannte fast alle Leute, er wußte in geschäftlichen Dingen Bescheid und auch, wieviel der Kardinal aus dem Verkauf der Schule herausschlagen würde. Er hat ausgerechnet, wieviel ihre Unterhaltung kostet. Und er konnte das, so erklären, daß wir alle verstanden.«

»Ja, ein solcher Mann ist viel wert.« Thatcher begriff auch, wie abträglich Omara Willards Ericsons Plänen hätte sein können.

»Und Mary Forster hat ausgezeichnet reingepaßt. Sie gehört jedem Frauenverein an, den wir hier in Flensburg haben. Und sie hat sich letztes Jahr um einen Sitz im Gemeinderat beworben. Sie hat verloren, aber die Leute wissen alle, wer sie ist. Und sie weiß natürlich über Schulausschüsse Bescheid und darüber, was man gegen deren Entscheidungen tun kann. Die beiden haben uns mobilisiert. Und das Witzige dabei ist, daß sie beide etwas anderes wollten. Es ist schwer, Frank zu beschreiben.« Pat hielt inne. Es war ungewöhnlich, daß ihr die Worte fehlten.

Sal versuchte, ihr zu helfen. »Frank glaubte an Ideen. Er wollte zum Beispiel etwas, das er ›Katholische Erziehung‹ nannte. Ich selbst«, er grinste seine Frau provozierend an, »glaube, daß das dann gewöhnlich eine irische Erziehung wird. Und als dann die Erzdiözese versuchte, St. Bernadette einfach über unsere Köpfe hinweg zu verkaufen, hat ihm das einen ziemlichen Schock versetzt. Man könnte fast sagen, daß er zum Kreuzritter geworden ist.«

Thatcher versuchte, sich an seine einzige Begegnung mit Frank Omara zu erinnern. Ja, es war gut möglich, diesen Mann als Kreuzfahrer zu sehen – als beherrschten, klugen Kreuzfahrer.

»Und Mrs. Foster?« fragte er.

Es war Pat, die mit der Autorität des Fachmannes sprach. »Mary ist eine Frau, sie hält nichts von Höhenflügen. Aber sie weiß genau, was für Flensburg gut ist. Und daran hält sie sich, selbst wenn es zu ihrem Nachteil ist. Sehen Sie sich nur ihr Verhalten heute abend an. Sie ist gegen diese Kampagne gegen die Hauswirte, weil es die Aufmerksamkeit von St. Bernadette ablenken wird. Und ich glaube, daß sie recht hat.« Pat sah die Dinge sehr nüchtern. »Manchmal denke ich, daß sie zu kompromißlos ist. Sie wollte noch nicht einmal, daß Sal und ich uns Mr. Ungers Projekt in Staten Island ansahen. Ich weiß, daß Mr. Unger sich nie auf unsere Seite schlagen wird, aber ich glaube nicht, daß es schadet, wenn wir mit ihm reden.«

»Das glaube ich auch nicht«, stimmte Thatcher zu.

»Aber glauben Sie nicht, Mary sei unrealistisch. Sie ist bereit, für St. Bernadette zu kämpfen. Ich habe gehört, wie sie es zu Father James sagte, als er ihr ins Gewissen redete, weil sie mit dem Elternverband angefangen hat.«

»Father James.« Der Name rief Erinnerungen in Thatcher wach. »Er ist auch ein eifriger Gegner des Elternverbandes, nicht wahr?«

Pat grinste von einem Ohr zum anderen. »Er ist ein eifriger Gegner von allem und jedem. Er hält sich für liberal, aber er will uns seine Meinung aufzwingen wie ein altmodischer Gemeindepfarrer. Er hat sogar versucht, mich über die christliche Ehe zu belehren.«

»Na, wenn sie das Zölibat aufheben und er sich eine Frau sucht«, sagte Sal träge, »war das dann das letzte, was wir darüber gehört haben.«

Das Gespräch wäre über Thatchers Horizont gegangen, wäre nicht in diesem Augenblick Mary Foster aufgetaucht. Sie kam gleich zum Geschäftlichen.

»Es ist nicht ganz so schlimm, wie du vielleicht glaubst, Pat«, sagte sie und hängte ihren nassen Regenmantel auf. »Aber früher oder später muß mal jemand ein Machtwort sprechen.« Sie hielt inne, um Thatcher nachdenklich anzusehen. »Ich nehme nicht an, Sie . . .«

Thatcher beeilte sich zu versichern, daß er für Willard Ericson nicht verantwortlich war.

»Ich habs auch nicht im Ernst geglaubt«, seufzte Mary. »Es bleibt wohl an uns hängen. Bob wird vernünftigen Argumenten schon zugänglich sein, wenn er sich abgeregt hat. Er wird einsehen, daß das zu nichts führen kann. Und, Mr. Thatcher, ich weiß durchaus zu schätzen, wieviel Sie bereits für uns getan haben. Falls noch niemand Ihnen dafür gedankt hat, daß Sie heute abend hier herausgekommen sind, dann möchte ich es jetzt tun.«

»Oh, es war mir ein Vergnügen«, sagte Thatcher. Und tatsächlich stimmte das.

»Mr. Ericson läßt Ihnen sagen, daß er fertig ist. Er wartet drüben auf der anderen Straßenseite.« Marys Zähne blitzten auf, als sie plötzlich lächelte. »Ich nehme an, er hat gemerkt, daß er hier nicht sehr willkommen sein würde. Er weiß, was Pat und ich von ihm halten.«

Man mußte schon aus Stein sein, um das nicht zu merken, dachte Thatcher. Sal Ianello folgte ihm zur Tür.

»Sie vergessen doch nicht, was ich über Ericson gesagt habe?« knüpfte er an ihr früheres Gesprächsthema an.

»Nein«, versprach Thatcher.

Aber Ianello war noch nicht fertig. »Ich würde viel darum geben zu wissen, was Frank Omara in seinem letzten Gespräch zu Monsignore Miles gesagt hat. Sie nicht auch?«

Thatcher war bestürzt. Hatte Ianellos Verdacht sich gewandelt? »Warum?« erkundigte er sich trocken.

Sals Antwort war fast zu offenherzig. »Frank war während unseres letzten Treffens sehr erregt und nicht so fröhlich wie sonst. Irgend etwas beschäftigte ihn. Und wenn es das Motiv für seine spätere Ermordung war, dann ging es ihm am nächsten Abend auch noch durch den Kopf. Es ist logisch, daß er mit Monsignore Miles darüber gesprochen hat. Ich höre noch immer, was Frank auf dem Treffen sagte. Er war überrascht, daß jemand St. Bernadette für eigene Zwecke ausnutzte. Damit muß er wohl gemeint haben, daß jemand Geld aus der Sache schlagen wollte, nicht wahr?«

Während er einen großen Schritt über den Rinnstein machte, wurde Thatcher klar, wie geschickt Ianello die letzte Feststellung angebracht hatte. Es gab wohl nur wenige Bankiers, die da nicht mit ihm übereinstimmen würden.

12

Die Ereignisse am folgenden Donnerstag waren eigentlich auf einen unglücklichen Zufall zurückzuführen: Bob Horvaths Hauswirt, Mr. Sirius Meeks, residierte in einem Apartment am United Nations Plaza.

Diese Tatsache war bisher in Flensburg nicht bekannt gewesen. Dort lief der Besitz auf den Namen Blue Hill Realty und trat in der Gestalt eines unpersönlichen Verwalters auf. Aber als Willard Ericson einmal beschlossen hatte, sich dem Problem ortsfremder Hauswirte zuzuwenden, war es für ihn nur eine Sache von Minuten, den Schleier körperschaftlicher Anonymität zu lüften. Und es dauerte auch nicht viel länger, bis die lokale Begeisterung für eine Demonstration in Mr. Meeks Hinterhof angefacht war. Nur das Ausmaß der Reaktion war überraschend. Leute, die zu jung waren, um Kinder zu haben, Leute, die zu alt waren, um noch Kinder zu bekommen, und Leute, die ihre Kinder bereits in staatliche Schulen schickten, scharten sich um den St. Bernadette Elternverein in seiner neuen Gewandung.

Die Zusammensetzung des Aktionskomitees war noch immer die alte, trotz Pat Ianellos Zögern.

»Glaubst du nicht, daß wir zurücktreten sollten, Mary?« hatte sie gefragt. »Ganz gleich, was Bob sagt, du hast den Verband nicht gegründet, um den Hauswirten die Leviten zu lesen.«

»Nein, ich glaube nicht, daß wir das tun sollten«, hatte Mary energisch geantwortet. »Jemand muß hierbleiben, um für St. Bernadette zu kämpfen. Ich weiß noch nicht genau wie. Aber wenn dieser Ericson so ein Wunder vollbringen konnte, reichts vielleicht noch zu einem zweiten.«

»Ich glaube nicht, daß er sich im Augenblick sehr für St. Bernadette interessiert«, antwortete Pat böse.

»Der einzige, der weiß, wofür dieser alte Ziegenbock sich interessiert, ist Willard Ericson selbst!«

Und so beschloß das Aktionskomitee mit gemischten Gefühlen, an der Spitze seiner Anhänger zu marschieren. Dank des New Yorker Untergrundbahnnetzes – oft beschimpft, oft bedroht, aber irgendwie noch immer funktionierend – waren dreihundert Protestler in der Lage, Flensburg zu verlassen und in den United Nations Plaza einzumarschieren. Ihre Ankunft überraschte die Polizei von New York City.

Wenn ein Ereignis sich oft genug wiederholt hat, werden die Verantwortlichen Opfer einer fixen Idee. So waren seit mehr als achtzehn Monaten dieselben Anweisungen an die Männer ausgegeben worden, welche die Vereinten Nationen bewachten: *Was auch geschieht, schafft einen Zwischenraum von fünfzig Metern zwischen der jüdischen und der arabischen Gruppe.* So großartig diese Strategie auch war, so ließ sie doch keinen Platz für das Auftreten einer dritten Partei.

»Wer, zum Teufel, ist das?« fragte ein bestürzter Streifenbeamter.

»Sie haben Transparente«, beobachtete sein Partner.

Die Transparente waren ihnen nicht gerade eine Hilfe. Eher das Resultat individueller Anstrengungen:

KATHOLISCHE CHRISTEN VEREINIGT EUCH!
NIEDER MIT MEEKS!
ST. BERNADETTE FÜR EIN BESSERES LEBEN
FRANCIS OMARA IST NICHT UMSONST GESTORBEN!
FLENSBURG MARSCHIERT VORNWEG

»Wer ist Meeks?« wollte der verwirrte Beamte wissen.

»Wer ist Omara?«

»Vielleicht ist er am Suezkanal umgekommen«, sagte der erste zweifelnd. Es klang unwahrscheinlich, selbst in seinen eigenen Ohren.

Aber sein Partner war schon mit dem Funkgerät beschäftigt. »Sagt dem Chef, daß die Katholiken marschieren!« platzte er heraus.

In der Zentrale herrschte verständliche Verwirrung.

»Meinen Sie, daß *wir* Jerusalem jetzt beanspruchen?« rief der stellvertretende Polizeichef.

Des Polizeichefs drückende Pflichten gaben Anlaß zu brutaler Realität. »Wenn ja«, erklärte er, »ist dies ein denkbar ungünstiger Zeitpunkt, davon anzufangen.«

Erleuchtung wäre nie gekommen, hätte man es allein der Polizei überlassen, sich mit diesem Problem zu beschäftigen. Aber bald erhoben sich andere Stimmen. Die angestammten Demonstranten, die sich bereits auf der United Nations Plaza verschanzt hatten, waren keine Leute, die schweigend litten. Zuerst verliehen sie ihrer Überraschung lautstark Ausdruck. Dann beklagten sie sich vielsprachig über das unbefugte Betreten *ihres* Demonstrationsgebietes.

Und schließlich schritten sie, zum erstenmal seit Jahren, zu gemeinsamer Aktion. Araber und Juden begannen, die Neuankömmlinge gleich heftig zu beschimpfen. Die Polizei schritt ein; Unterhändler wurden ernannt und näherten sich einander unter weißer Flagge. Und eine allgemeine Verständigung trug den Sieg davon.

»Eine gefährliche Verständigung, wenn Sie mich fragen, Sir«, sagte der Lieutenant, der die Verbindung mit der Zentrale aufrechterhielt. »Sowohl Juden wie Araber sagen, daß auch sie niederträchtige Hauswirte haben. Ein Jordanier hat mir erzählt, daß es kaum zu glauben ist, unter welchen Bedingungen sie drüben in Crown Heights hausen.«

»Vergessen Sie Crown Heights«, bellte das Radio. »Ich will nur wissen, ob in der Plaza alles friedlich ist.«

»Oh, sie haben sich ziemlich schnell zusammengerauft. Aber was soll ich wegen der Genehmigung der Neuen tun, Sir?«

»Solange sie keine Schwierigkeiten machen, vergessen Sie die Genehmigung. Wir haben wichtigere Dinge zu tun.«

Möglicherweise mißdeutete die Zentrale die Situation. Möglicherweise war sie auch nicht geneigt, Polizeikräfte an Mietwucherer, die selbst in Penthäusern wohnten, zu verschwenden. Auf jeden Fall wurde Mr. Sirius Meeks kein Polizeischutz gewährt. Die nachfolgende Entwicklung überraschte den Lieutenant nicht.

Es war ein klarer, sonniger und bitterkalter Tag. Böen vom East River fegten mit schneidender Geschwindigkeit durch die offene Plaza. Als beißende Kälte das Flensburger Kontingent bedrohte, scharten Juden und Araber sich mit Hilfsmitteln zum Überleben um sie. Zuerst boten sie den Heimgesuchten Ohrwärmer und Wollhandschuhe an. Dann Ratschläge, die großen Transparente so zu halten, daß sie sich nicht in windgefüllte Großsegel verwandelten. Und schließlich, um elf, kündigte sich eine ausgedehnte Kaffeepause an. Aber noch war der Wettstreit nicht zu Ende. Eine nationale Spezialität konkurrierte mit der anderen.

»Wie nennen sie dieses Zeug mit den Sesamkörnern?« fragte Bob Horvath, der eine Handvoll öligen Gebäcks knabberte.

Pat Ianello war zu beschäftigt, um zu antworten. Sie versuchte, einer mütterlichen Frau das Rezept ihrer Leberpastete zu entlocken.

Und über Aprikosenplätzchen und kalten Flanken tauschten sie wüste Geschichten über ihre Hauswirte aus. Die Akzente waren verschieden, die Details dieselben – Fahrstühle, die seit Monaten außer Betrieb waren, unzureichende Heizung, überhandnehmendes Ungeziefer. Und so war es nicht überraschend, daß auch die abgelösten Truppen blieben, um ihre neugefundenen Freunde zu unterstützen, als bei Schichtwechsel ihr Ersatz nahte.

»Früher oder später«, prophezeite der Lieutenant, »wird ein Reporter rausfinden, daß das hier eine tolle Story gibt.«

Er schlenderte zwischen den verschiedenen Grüppchen hin und her wie ein stolzer Kindergärtner, den das Benehmen seiner Schutzbefohlenen zufriedenstellt. Alles, so meldete er Stunde um Stunde, verlief absolut reibungslos.

Wenn der Lieutenant einen Augenblick innegehalten hätte, um zu überlegen, dann wäre ihm vielleicht eingefallen, daß es eine Gruppe von Leuten gibt, die auf den Publizitätswert von Tagesereignissen noch empfindlicher reagiert als die Presse. Und diese Gruppe setzt sich aus Männern zusammen, die von der Wählerschaft abhängig sind. An der United Nations Plaza wohnen eine ganze Menge davon. Als die Nachricht von der Anwesenheit der Anti-Meeks-Truppen in die Seitenstraßen Manhattans drang, begannen die Telefonate.

»Hör zu, Amanda«, sagte der junge Carlton Briggs, »das hier ist ernst. Ich weiß nicht, wann ich nach Hause komme.«

Amanda ließ die Kette aus Türkisen fallen, die sie betrachtet hatte, und wandte dem Telefon ihre ungeteilte Aufmerksamkeit zu. »Was heißt das, du weißt nicht, wann du nach Hause kommst? Hast du vergessen, daß um fünf hundert Gäste kommen?«

»Ich weiß, ich weiß. Aber ich kann unmöglich heim, solange diese Demonstranten vor dem Haus sind. Sind sie immer noch da?« Mr. Briggs Stimme klang hysterisch.

Amandas Interessen waren beschränkt, aber sie schlossen die Presseberichte über ihre Parties mit ein. Sie schwebte hinüber zum Fenster, blickte pflichtschuldig hinaus und meldete sich zurück.

»Sie sind immer noch da, aber was haben wir mit ihnen zu tun? Ich bin heute morgen gut an ihnen vorbeigekommen. Es sind irgendwelche Katholiken.«

»Amanda, sie haben es auf einen Vermieter abgesehen, der in unserem Haus wohnt. Und ich bewerbe mich um einen Sitz im Stadtrat! Ich kann es mir nicht leisten, in diese Sache verwickelt zu werden!«

»Carlton, ich habe dich nicht gebeten, dich in diese Sache verwickeln zu lassen«, sagte Amanda mit strapazierter Geduld. »Ich habe dich nur gebeten, nach Hause zu kommen. Wie kann ich die Party ohne dich geben?«

»Und was ist, wenn mich jemand anhält? Wenn mich ein Reporter nach meinen Ansichten fragt? Zum Beispiel, ob es mir gefällt einen Vermieter von Slums zum Nachbarn zu haben? Ich reite auf der demokratischen Welle«, erinnerte Briggs seine Frau, die etwas vergeßlich war. »Das ist ohnehin schon heikel genug, wenn man reich ist.«

Unglücklicherweise hatten Amandas wandernde Gedanken sich an einem Satz festgehalten. »Aber, Carlton, warum haben wir denn einen Slumvermieter zum Nachbarn?«

»Weil wir es uns leisten können, am UN-Plaza zu wohnen«, knurrte ihr Mann. »Und versprich mir bitte, das Haus nicht zu verlassen, Schätzchen. Ich will auch nicht, daß sie dich abfangen. Wenn wir Glück haben, merkt niemand, daß wir da leben.«

Es war Amanda Briggs Hauptbeschäftigung, die Leute wissen zu lassen, wo sie lebte. Sie entschied, daß dies eine der Situationen war, in denen Männer eben schwierig sind.

»Nein, Carlton«, sagte sie süß, »ich werde nicht rausgehen. Ich habe genug zu tun, mich für die Party fertig zu machen. Und vergiß nicht, daß ich schon immer gesagt habe, wir hätten ins *Dakota* ziehen sollen.«

Jeder Politiker aus dem Hause machte so ziemlich denselben Anruf. Zur selben Zeit stand man in der Polizeizentrale einen Augenblick fast Kopf, als man erfuhr, daß Mr. Sirius Meeks vor ungefähr dreißig Jahren seinen Namen anglisiert hatte, nachdem er aus Beirut ausgewandert war.

»Lassen Sie das bloß niemanden wissen!« befahl man dem Lieutenant.

Father James führte ebenfalls einige Telefongespräche. Father Doyle hatte ihn aus verschiedenen Gründen angewiesen, am Flensburg-Protest teilzunehmen. Erstens war natürlich alles, was Father James aus Queens entfernte und gleichzeitig seinen Durst nach Sozialethik stillte, eine gute Sache. Zweitens hatte Monsignore Miles' Anweisung, die Feuerbrunst auf Flensburg zu beschränken, an ihm genagt und nagte noch immer. Als Father James ihm dann bei seinem dritten Anruf berichtete, daß die Fernsehteams endlich eingetroffen waren, ging ein listiges kleines Lächeln über Father Doyles Gesicht.

Und in all diesem Durcheinander von Telefongesprächen würden ein paar Demonstranten schon noch auf die richtige Telefonnummer verfallen. Das war es, was Willard Ericson die ganze Zeit im Sinn gehabt hatte. Ungefähr um halb fünf hörten die Anrufe bei Ehefrauen, Ehemännern, Polizei und geistlichen Vorgesetzten auf.

Alle begannen, Mr. Sirius Meeks anzurufen.

»Meine eigenen Nachbarn wenden sich gegen mich!« lamentierte er. Seine Frau, welche die Stellung gehalten hatte, während er drinnen schmollte, sagte, daß die Demonstration eben zur Unannehmlichkeit für das ganze Haus wurde. »Und sie sind an Unannehmlichkeiten nicht gewöhnt«, machte sie ihm klar.

»Wie sind sie dann zu Geld gekommen?« übertönte Mr. Meeks höhnisch das Schrillen des Telefons. »Wenn die Wahrheit bekannt wäre, dann ... Schon gut, ich gehe hin.«

Diesmal war es ein unbekannter katholischer Geistlicher.

»Er wollte mit mir über meine Verantwortung für seine Gemeinde reden!« donnerte Mr. Meeks.

»Wenn nicht mit dir, dann wird er mit dem Fernsehen reden«, sagte Mrs. Meeks. Sie wußte nicht, wie recht sie hatte.

Father James sprach tatsächlich mit den Leuten vom Fernsehen. Bob Horvath, Sidney Ginsberg und Ahmed Abdullah ebenfalls. Nur mit Gewalt war Phil Kavanaugh von den Mikrophonen fernzuhalten.

»Denk nur an den schrecklichen Eindruck, den er machen würde«, keuchte Sal Ianello in der folgenden Balgerei.

Diejenigen, die zum Reden kamen, machten einen großartigen Eindruck. Der Polizeichef selbst sagte es vor der Kamera, als er schließlich doch auf den Schauplatz eilte. »Alle haben sich sehr viel Zurückhaltung auferlegt«, stellte er fest und übersah eine hitzige Debatte, die sich gerade außerhalb der Kamerareichweite entspann. Er fröstelte im eisigen Wind vom East River. »Es ist herzerwärmend, New Yorker bei einer so disziplinierten Protestversammlung zu sehen. Ich bin stolz auf sie, und ich bin stolz auf die Polizei. Es ist für uns alle ein langer Tag gewesen, aber es war ein Tag auf den wir – ähe – stolz sein können.«

Er löste eine Orgie von Selbstgratulation aus. Mr. Richard J. Dumbleby, Vizepräsident der CBS und Manager der WCBS-Sender, betitelte seinen Kommentar ›Die großartigen Leute einer großartigen Stadt.‹

»... Zwietracht, bei der eine Gruppe der anderen feindlich gegenübersteht«, verlas er sorgsam. »Aber was haben wir heute gesehen? Wir sahen Juden und Araber, die mit ihren katholischen Brüdern für eine gute Sache kämpften und dafür ihre sonstigen Meinungsverschiedenheiten hintanstellten. Vielleicht können wir alle etwas von diesen Männern und Frauen aus Flensburg lernen – daß uns mindestens ebensoviel aneinanderbindet wie uns trennt...«

Jeder Herausgeber, Kolumnist, Minister und Politiker der Stadt erkannte an, daß dies ein gottgesandter Text gewesen war. Hier in einer Welt voller Unglück und Pein gab es doch noch Güte, Hoffnung und Brüderlichkeit.

Sogar in New York.

Es war eine schreckliche Woche nur für Mr. Sirius Meeks.

13

Der Polizeichef und die Rundfunkanstalten mochten verhaltene Zustimmung an den Tag legen, Bob Horvath hingegen war außer sich vor Freude.

»Hast du gehört, was Kanal elf über uns gesagt hat?« fragte er glückstrahlend. »Eine Gemeinde, die um ihre Existenz kämpft! Ist das nichts?«

Horvath befand sich im Siegestaumel. Der allgemeine Rausch, Flensburg im gleichen Atemzug mit Washington, Saigon und Peking erwähnt zu wissen, hatte das Hauptquartier zum Überquellen gebracht. Die Feier war in vollem Gang.

»Hast du die Karikatur in der *Daily News* gesehen?«

»Mein Sohn aus Omaha, der hat letzte Nacht angerufen. Sie haben uns dort im Fernsehen gesehen. Kaum zu glauben, was?«

Aber der neue Enthusiasmus erstickte nicht die alten Erinnerungen.

»Denen haben wirs gezeigt, was, Bob?« sagte ein Anhänger. »Frank wäre stolz auf uns gewesen.«

Bob stellte seine Bierdose ab und sagte ernst: »Wir werden noch viel mehr für Franks Andenken tun. Ohne ihn wären wir heute nicht hier.« Er erinnerte jetzt fast an einen Evangelisten. »Noch haben wir nicht begonnen zu kämpfen. Meeks war nur der Anfang. Man wird Flensburg nicht wiedererkennen, wenn wir fertig sind. Jeden einzelnen dieser lausigen Wucherer werden wir uns vornehmen.«

Applaus dröhnte über die erhobenen Bierdosen.

»Jetzt, wo wir am Drücker sind, wird uns niemand mehr rumstoßen!«

Ruthie platzte fast vor Stolz. Sie hatte die ganze Zeit recht gehabt. Seit Bob in Franks Fußstapfen getreten war, war er ein neuer Mensch geworden ...

In der Kanzlei der Erzdiözese war Henry Stonor alles andere als hocherfreut. Dennoch schien vorsichtiger Optimismus am Platze. Nach langem Überlegen war er zu dem Schluß gekommen, daß die Ereignisse auf der United Nations Plaza den Interessen der Kirche eher förderlich als hinderlich sein konnten.

Seine Argumentation war überzeugend. »Erstens hatte die Demonstration dieser Flensburger Eltern nichts mit religiösen Dingen zu tun. Sie haben gegen ihre Hauswirte protestiert ...«

Eine beiläufige Frage von Father Livingston bestärkte Henrys Überzeugung.

»Nein, Mr. Meeks hat mit der Kirche überhaupt nichts zu tun. Und dann hat dieser ganze Wirbel weit entfernt von St. Bernadette stattgefunden. Der Platz war voller Fernsehteams, die Kameras zeigten das Polizeiaufgebot vor den Vereinten Nationen. Reporter haben Politiker aus Manhattan interviewt. Jeder, der auch nur eine Ahnung von Public Relations hat, wir Ihnen sagen, daß die Schule ein für allemal gestorben ist.«

»Aber ...«

»Und schließlich«, meinte Henry triumphierend, »vergessen Sie nicht, wie friedlich und ordentlich die Demonstration verlaufen ist. Nichts, was sich für uns zu einem Skandal ausweiten könnte. Keine umgestürzten Autos. Keine Festnahmen.«

»Wie wir die Sache sehen«, faßte Henry zusammen und hatte seine Worte bereits gedruckt vor Augen, »verbessert dieses neue Programm des Elternverbandes die Aussicht auf eine vernünftige und korrekte Lösung in Sachen St. Bernadette erheblich.«

Von Father Livingston kam keine Widerrede. Henry erhob sich, straffte die schmalen Schultern und machte sich auf den Weg zu Monsignore Miles. Diesmal, dachte er ohne Überheblichkeit, war an seiner Argumentation nichts auszusetzen. Monsignore Miles mußte zugeben, daß sein Optimismus durchaus begründet war.

Es ist immer schwieriger, einen Menschen zu überzeugen, daß Pessimismus eher am Platze ist als Optimismus. Mary Foster begann zu fürchten, daß diese Aufgabe über ihre Kräfte ging.

»Mr. Ericson«, beharrte sie, »ich kann noch immer nicht einsehen, wohin das alles führen soll.«

In der Stunde seines Triumphes konnte Willard Ericson es sich leisten, großzügig zu sein.

»Tut mir leid, Mrs. Foster, wenn ich das nicht deutlich genug gemacht habe. Wir haben bereits erhebliche Fortschritte zu verzeichnen. Allein die Fernsehreportage hat uns außerordentlich genützt. Es war natürlich ein glücklicher Umstand, daß wir Mittelpunkt einer menschlich-warmen Story geworden sind . . .«

Marys Geduld war offenbar erschöpft.

»Ich habe die Reportage gesehen«, unterbrach sie, ohne sich zu entschuldigen. »Ich weiß, daß alle uns auf die Schulter klopfen. Aber das bringt uns nicht weiter. Die Leute in Flensburg sind an zwei Dingen interessiert. Die meisten von uns wollen St. Bernadette retten. Und ein paar von uns möchten, daß man sich um ihre vernachlässigten Wohnungen kümmert.«

Aber auch Ericson ließ sie nicht ausreden. Er sah sie über seine Brille hinweg an.

»Soviel ich weiß, sind Sie selbst kein Mieter?« erkundigte er sich leidenschaftslos.

Marys Gesicht rötete sich.

»Nein, bin ich nicht! Alle Leute wissen das. Aber ich kann die Klagen der anderen über Heizung und Heiß-Wasser-Versorgung trotzdem verstehen. Und ich helfe Ihnen gern, damit das anders wird. Aber man kann es nur erreichen, indem man eine Verwirklichung der städtischen Bauvorschriften erzwingt, nicht indem wir uns auf der United Nations Plaza zum Gespött der Leute machen! Ich gebe zu, daß wir Mr. Meeks in eine unangenehme Lage gebracht haben. Aber davon bekommen wir noch lange keine Heizung und kein warmes Wasser!«

Ericson hatte Mary absichtlich gereizt; jetzt nutzte er ihre Reaktion.

»Ich fürchte« – er schüttelte betrübt den Kopf –, »daß Sie übertreiben. Natürlich wollen Mr. Horvath und die anderen Mieter eine praktische Lösung für ihre Probleme. Genauso wie Sie die Schule retten wollen. Aber Sie haben doch einer Verfügung gegen den Verkauf an Unger zugestimmt, oder?«

»Weil wir damit den Verkauf verhindern können, deshalb!« fauchte sie.

»Nein, Mrs. Foster, ich muß Sie korrigieren. Die Klage ist erhoben worden, um Druck auf das Erzbistum auszuüben. Und letztlich wird der Protest der Mieter genau das erreichen. Wenn genügend öffentliche Sympathie für Flensburg geweckt worden ist, gerät das Erzbistum in Gefahr, mit den Slumvermietern in einen Topf geworfen zu werden.«

Besiegt seufzte Mary.

»Ich möchte nur wissen«, sagte sie, »ob auch Monsignore Miles die Dinge so sieht.«

»Hoffentlich nicht, Mrs. Foster.« Ericson grinste teuflisch. »Hoffentlich merkt er es erst, wenn es zu spät ist.«

Ausnahmsweise waren Father Doyle und Father James einer Meinung: United Nations Plaza, darüber waren sie sich einig, war ein Segen.

Das war unglücklicherweise jedoch schon das Ende des Einklangs.

»Eins kann ich sagen«, überlegte Father Doyle heiter und gestand sich eine abendliche Zigarre zu, »die Gemeinde hier in Flensburg ist wieder geeint. Sie waren stets gute und gläubige Christen. Das habe ich dem Bischof auch immer und immer wieder gesagt. Und was die Ereignisse drüben in Manhattan betrifft ...« Er wischte sie in einer Rauchwolke beiseite.

Father James, ein Bewunderer der Askese, hatte beim Anblick der Zigarre gezittert. Jetzt verstärkte sich sein Zittern.

Dies entging seinem Vorgesetzten nicht. »Ich habe Sie im Fernsehen gesehen«, bemerkte Father Doyle nachsichtig. »Aber wir haben jetzt genug davon, nicht wahr?« Er sprach mit väterlicher Zuneigung. »Jetzt, da sich unser Völkchen woanders beschäftigt«, sagte er und unterzog die Zigarrenasche einer eingehenden Betrachtung, »wird alles zum alten zurückkehren. Wenn Robert Horvath und seine Freunde ihre Hauswirte in Unannehmlichkeiten stürzen wollen – nun, dann kann ich nur sagen, mehr Macht ihm und seinen Genossen! Wir hier in St. Bernadette jedenfalls können uns wieder unseren priesterlichen Pflichten widmen und diese unangenehmen Zeiten vergessen.«

Father James war erregt. »Können wir einen Mord einfach vergessen?«

Mit Mühe gelang es Father Doyle, sich zu beherrschen. »Nein, mein Junge, wir können weder den Mord noch irgendeine andere Todsünde vergessen. Aber wir erinnern uns ihrer im heiligen Sakrament der Beichte.«

Doch auch Father James hatte einige Entschlüsse gefaßt. »Father Doyle«, sagte er, »wir dürfen uns nicht in die Kirche einschließen. Wir müssen an den Belangen unserer Gemeinde Anteil nehmen, und nicht nur wir – die ganze Kirche. Die United Nations Plaza mag in Manhattan liegen – aber sie war für Flensburg lebenswichtig.«

Father Doyles gichtige Finger begannen, langsam auf die polierte Platte des Eßtisches zu trommeln.

»Ohne soziales Bewußtsein«, fuhr Father James beschwörend fort, »wird die Kirche untergehen.«

Father Doyle maß ihn mit Blicken. »Hören Sie mir gut zu, mein Sohn! Ich meine es ernst. Sie werden bei diesem Unsinn nicht länger mitmachen. Kommen Sie Ihren Verpflichtungen nach, deren haben Sie viele. Besuchen Sie die Kranken, trösten Sie die Schwachen, leiten Sie die Jungen!«

Der störrische Ausdruck auf Father James Gesicht reizte ihn weiter: »Und bleiben Sie den Kameras fern!«

Father James holte tief Luft.

»Father, so sehr ich Sie auch respektiere und verehre, so muß ich Ihre Entscheidung doch in Frage stellen. Flensburg ist Mittelpunkt einer der dramatischsten Konfrontationen unserer Zeit. Es liegt in unserer Macht zu beweisen, daß die Kirche Katholiken in den Angelegenheiten ihres Alltags helfen kann. Daß wir nicht nur am Sonntag die Messe lesen und den Rest der Woche vergessen. Der Flensburger Gemeindeverband . . .«

»Schluß!« donnerte Father Doyle. »Ich will nichts mehr davon hören. Der Flensburger Gemeindeverband! Father James, Gemeindeverbände brauchen keine Priester! Die Sache« – er zielte mit seiner Zigarre wie mit einer Pistole auf ihn –, »die Sache muß ein Ende haben. Wir wollen endlich Ruhe und Frieden!«

14

Nach dem historischen Attentat auf Sirius Meeks' häuslichen Frieden, las John Putnam Thatcher einen Leitartikel und sah einen Fernsehbericht. Danach hatte er das Gefühl, über die Lage im Bilde zu sein. Er dachte an Willard Ericsons Gib-ihnen-Saures-Taktiken und an Sal Ianellos wachsendes Mißtrauen und wußte, daß Stolz, Erleichterung und Zweifel in Flensburgs kampfbereiter Bevölkerung herrschen mußten.

Er kam nicht auf den Gedanken, daß das Einfallen auf die United Nations Plaza wenigstens in einem Lager als Bestätigung eines lange gehegten Verdachts betrachtet wurde. Erst als ihm die beiden Männer an seinem Schreibtisch gegenüber saßen, wurde ihm klar, daß er sich in Gefahr befand, ein sachverständiger Zeuge zu werden.

Die Detektive eröffneten das Gespräch mit entwaffnender Offenheit.

»Sie haben wahrscheinlich nicht erwartet, uns noch einmal zu sehen, Mr. Thatcher.«

Thatcher erwiderte, daß er polizeiliche Aktivität nur begrüße, solange der Mord an Francis Omara ungeklärt war. Was konnte er für sie tun?

»Wir interessieren uns noch immer für das Meeting am Tag vor dem Mord.«

Sie ließen ihn seine einzige Begegnung mit Francis Omara rekapitulieren. Dann gingen sie einen Schritt weiter und erkundigten sich nach Einzelheiten über das Zustandekommen des Mieterkreuzzugs.

Schließlich rückten sie mit der Sprache raus.

»Es ist folgendermaßen, Mr. Thatcher: Eigentlich zweifelt niemand mehr daran, daß Omara umgebracht wurde, weil er Vorsitzender des Elternverbandes war. Aber wenn das stimmt, sollte man doch erwarten, daß es irgendeinen Einfluß auf den Verband hat. Warum hätte man ihn sonst umbringen sollen?«

Thatcher begann zu verstehen, woher der Wind wehte. »Zur Zeit der Beerdigung«, brachte er vor, »glaubten manche Leute, daß der Elternverband ohne Omara aufhören würde, gegen den Verkauf der Schule zu protestieren.«

Dieser neutrale Versuchsballon wurde sofort abgeschossen.

»Das Komitee hat aber weitergemacht.« Für den Lieutenant

waren Tatsachen Tatsachen. »So weit ich es mitbekommen habe, bestand nie ein Zweifel an der Fortführung des Verbandes. Nein, das war es nicht, was der Mörder beabsichtigt hatte. Wir haben im Hauptquartier auf der Lauer gelegen. Und siehe da, was geschieht? Sobald die Beerdigung einigermaßen schicklich über die Bühne gebracht ist, sobald die Empfängnisverhütungsrevolte alles vernebelt, macht der Verband kehrt, vergißt die Sache mit der Schule und macht sich auf die Jagd nach ortsfremden Hauswirten. Glauben Sie, daß das auch geschehen wäre, wenn Francis Omara noch die Zügel in der Hand gehabt hätte?«

Thatcher protestierte. Er war Omara ein einziges Mal begegnet. Die überlebenden Mitglieder des Komitees kannte er ebenfalls kaum.

»Aber Ihr Eindruck, Mr. Thatcher?«

Die Polizei wollte eine Antwort, und leider gab es auch eine.

»Ich hatte den Eindruck, Omara und Mrs. Foster hielten die Sache so fest in der Hand, daß die anderen ihren Vorschlägen widerspruchslos gefolgt wären«, sagte er aufrichtig.

»Und jetzt?«

Thatcher konnte nur berichten, daß Mrs. Foster über die neue Entwicklung nicht glücklich zu sein schien, aber ihr Einfluß war nicht mehr so stark wie früher. »Ich glaube, sogar der Rücktritt von Mrs. Foster und Mrs. Ianello standen zur Debatte.«

Die Detektive lehnten sich gemütlich in ihren Sesseln zurück.

»Wir meinen«, sagte der ältere behaglich, »daß dieser ganze Mieterzirkus von Ericson inszeniert worden ist. Aber Horvath hat sofort angebissen und mitgemacht. Er könnte die Sache vorbereitet haben.«

Ungewollt erinnerte Thatcher sich an die Heimsuchung der Sloan durch Horvath. Er war damals geradewegs von einer Besprechung bei Willard Ericson gekommen. Und auf seine Art hatte Thatcher vor der Neuorientierung des Elternverbandes gewarnt. Hatte er von einem Plan gesprochen, der bereits ausgebrütet war?

Thatcher konnte über den Ursprung des Mieterkreuzzuges nichts sagen. Auf der Bahnfahrt nach Flensburg hatte Ericson von einer neuen Wende gesprochen, sich aber nicht weiter darüber ausgelassen.

»Sie sind Bankier, Mr. Thatcher«, sagte der Lieutenant, was nicht zu bestreiten war. »Was halten Sie von der Sache? Omara behauptet, daß jemand den Verband zu seinem Vorteil ausnutzen will. Am nächsten Tag wird er umgebracht. Und dann schiebt jemand den Verband vor, um Grundbesitzer anzugreifen. Diese Angriffe werden nicht aufhören, müssen Sie wissen. Horvath will allen ortsfremden Hauswirten den Garaus machen. Würde es Sie sehr überraschen, wenn die Eigentümer dort jetzt reihenweise verkauften?«

Als Bankier mußte Thatcher zugeben, daß an dieser Schlußfolgerung etwas dran war.

»Ich wußte, daß Sie die Sache auch so sehen würden.« Die Detektive beglückwünschten sich nicht, sie bereiteten den nächsten Schritt vor. »Wir haben Meeks gebeten, uns zu verständigen, sobald er das erste Angebot erhält. Aber das kann einige Zeit dauern. Jede Beschleunigung der Sache käme uns gelegen.«

Thatcher kannte seine Pflicht. Er erinnerte seine Besucher, daß Francis Omara sehr beunruhigt gewesen war, als er wenige Stunden vor dem Mord mit Monsignore Miles gesprochen hatte. »Wenn Ihnen also jemand helfen kann, dann ist es der Monsignore.«

Der Detektiv nickte schweigend. »Gut. Ich hoffte, Sie würden das sagen, Sie und der Monsignore sind in dieser Sache die wahren Außenseiter. Wenn wir einen Fortschritt erzielen, werden wir ihn einem von Ihnen zu verdanken haben.«

Der Lieutenant erhob sich. »Unsere nächste Station ist die Kathedrale. Aber ich hoffe, daß Sie weiter über die Angelegenheit nachdenken. Vielleicht fällt Ihnen etwas ein.«

»Ich werde mein Bestes tun«, versprach Thatcher.

Eine Stunde später jedoch war niemand überraschter als er selbst. Er diktierte gerade einen Brief.

». . . sehen wir keine Senkung unserer eigenen Zinssätze voraus. Trotz der Maßnahmen der Worcester Country Bank . . .«

Das Schweigen dauerte Miss Corsa zu lange. »Mr. Thatcher?« sagte sie, Mißbilligung in jeder Silbe.

»Was? . . . Oh, entschuldigen Sie, Miss Corsa. Aber mir ist gerade eingefallen, was Ianello erwähnt hat. Dieser Kavanaugh hat für sein Schokoladengeschäft ein Angebot bekommen. Mich würde interessieren, wann.«

Aber noch eine Reaktion auf die Ereignisse der United Nations Plaza kam überraschend für John Thatcher.

Es begann mit einem Anruf aus der Karibischen See.

»Dick? Bist du's, Dick?« fragte die Stimme gereizt.

»Verbinde sofort mit Mr. Unger«, zwitscherte die Telefonistin.

Dick Unger, der mit fliegenden Rockschößen aus der Toilette gestolpert kam, hob den Hörer gerade rechtzeitig ab, um ein vertrautes Hintergrundgespräch mitzubekommen.

»Ich möchte bloß wissen, was mit dem Jungen los ist, Doris. Er kann nicht mit Kunden umgehen, er kann nicht mit der Presse umgehen, und jetzt ist er noch nicht mal da, um das Telefon abzunehmen.«

»Hallo, Dad«, sagte Dick Unger, und unwillkürlich zog sich ihm der Magen zusammen.

»Ah, da bist du endlich!« Es war eine Anklage.

»Ich war gerade unten in der Halle.«

Unger senior schnaufte verächtlich. »Ich wünschte, du würdest aufhören, deine Zeit zu verschwenden, und lieber etwas in diesem Flensburg-Schlamassel unternehmen!«

»Was unternehmen?« blökte Dick. »Ist es meine Schuld, daß die Sache so verlaufen ist?«

»Du scheinst jedenfalls nichts dagegen zu tun. Was hast du vor? Einfach aufgeben, nachdem wir schon so weit gegangen sind?«

»Dad, ich glaube, dir ist nicht klar, in was wir da unsere Finger drin haben. Das wächst sich zu einer regelrechten Katastrophe aus!«

»Du mußt wissen«, sagte sein Vater mit bedrohlicher Ruhe, »daß auch wir hier unten Zeitungen bekommen.«

»Das weiß ich sehr wohl!« In Dicks Augen war dies durchaus kein Vorteil. »Hast du von der Demonstration vor den UN gelesen? Was erwartest du von mir? Daß ich die Leute mit Bulldozern auseinander treibe?«

Man konnte ihn jetzt bereits drei Zimmer weit hören. In jedem Unger-Familiengespräch kam es früher oder später soweit.

»Hör zu, du Schwachkopf, frag mich nicht, was ich gelesen habe! Ich frage dich, was Unger Realty dazu sagen wird!«

»Was können wir schon sagen?« knurrte Dick.

»Jesus Christus! Womit habe ich das verdient?« fragte Unger senior leidenschaftlich.

»Aber Dad«, – es war fast ein Aufheulen –, »die Demonstranten wollen den Bezirk unverändert lassen. Sie wollen lediglich, daß man ihre Häuser in Ordnung bringt. Wir wollen ihre Schule abreißen und ein Hochhaus bauen. Es ist doch nur logisch, daß wir nicht auf derselben Seite stehen können. Was sollten wir da sagen?«

Darauf folgte langes Schweigen.

Schließlich schrie Papa: »Logik! Wofür brauche ich Logik? Hör zu, diese Leute mit den Transparenten – die sind gegen Slums. Habe ich recht? Um Gottes Willen – sind wir vielleicht *für* Slums? Hast du dir jemals die Häuser angesehen, die Unger Realty baut?«

Dick hatte die Augen fest zugekniffen. Bei jeder explosiven Frage nickte oder schüttelte er den Kopf, wie es die Umstände verlangten.

»Schon gut, Dad, schon gut«, murrte er. »Wir sind gegen Slums.«

»Und was ist ihr anderes großes Anliegen? Ach ja – sie wenden sich gegen Einmischung von außen. Also, du trommelst jetzt die Reporter zusammen und verkündest laut und deutlich: Unger Realty steht hinter Flensburg. Auch wir sind gegen Slums und Einmischung von außen!«

»Aber, Dad!« Dick sammelte seine Energie für einen letzten Einwand. »Mit Einmischung von außen sind *wir* gemeint!«

»Na und?« gab sein Vater jähzornig zurück. »Mit Einmischung von außen meine ich die Regierung. Aber das brauchst du denen nicht zu erzählen, hast du mich verstanden?«

Der Widerstand bröckelte. »Okay, okay. Ich mach's heute noch.«

»Lily«, sagte Dick in die Sprechanlage, nachdem es ihm gelungen war, seinen Vater abzuschütteln. »Kommen Sie 'rein. Ich will Ihnen eine Stellungnahme für die Presse diktieren ...«

Und so wurde innerhalb von vierundzwanzig Stunden der Öffentlichkeit eine mehr oder weniger nichtssagende Unger-Verlautbarung über Flensburg zugänglich gemacht. Dies fachte den Wettstreit an.

»Guter Gott!« sagte ein Mann im dritten Stockwerk der Sloan Guaranty Trust. »Sieh dir das an! Wir können es uns nicht leisten, die einzigen zu sein, die den Elternverband nicht unterstützen. Wir müssen uns etwas einfallen lassen ...«

Und bald war eine weitere Presseverlautbarung aufgesetzt. Niemanden überraschte es, daß diese den Abscheu der Sloan vor menschenunwürdigen Behausungen, ortsfremden Mietwucherern und mangelhafter Kanalisation unterstrich. Die Sloan, verkündete sie, stand wie *ein* Mann hinter den Bemühungen Flensburgs, die Lebensbedingungen zu verbessern.

Presseverlautbarungen von Banken können sich jedoch nicht ausschließlich mit moralischen Platitüden befassen. Früher oder später müssen Zahlen genannt werden. Aus diesem Grund mußte die Public-Relations-Abteilung sich für ihre Schöpfung die Zustimmung eines verantwortlichen Mannes sichern.

»Ich dachte, Thatcher, es würde Sie interessieren, einen Blick auf unsere Stellungnahme zu St. Bernadette zu werfen.«

»Vielen Dank.« Thatcher gehörte nicht zu den Menschen, die Unliebsames ohne zwingende Notwendigkeit in untergeordnete Rachen stopfen.

Mit Interesse las er, daß die Sloan, inspiriert durch höchste staatsbürgerliche Ideale, die Entscheidung über die Unger-Hypothek solange aufschieben würde, *bis die Lage zur Befriedigung der Bewohner geklärt war.*

Renshaw litt offensichtlich, als Thatcher die Hand nach einem Bleistift ausstreckte.

»Wir haben wegen der Geschäftspolitik der Bank bei Ihrer Sekretärin rückgefragt«, baute er vor.

»Das ist auch alles in Ordnung«, sagte Thatcher fröhlich. »Nur ein paar unwesentliche Änderungen. Ich fürchte, wir müssen alles streichen, was auf einen bestimmten Zeitraum hinweist. Und ich halte nichts von diesem Bezug auf die ›Befriedigung‹ der Bewohner. Einige von ihnen werden unzufrieden sein, ganz gleich, was geschieht. Sagen wir lieber, *bis die Lage mit Rücksicht auf die Bewohner geklärt ist.«*

Renshaw unterließ es lieber, Thatchers Formulierungen zu kritisieren. Er hatte jedoch noch eine wichtige Anmerkung.

»Ich dachte, daß eine Zeitangabe, wenigstens allgemeiner Art, wünschenswert sei. Die Finanzwelt hat großes Interesse daran, wie lange das Kapital festgelegt sein wird.« Er bemerkte Thatchers Stirnrunzeln und fuhr erklärend fort: »Weil das Geld doch jetzt so knapp ist.«

Zum erstenmal blickte Thatcher auf und betrachtete den Mann auf der anderen Seite des Schreibtisches genau. Er haßte Verhandlungen mit den Public-Relations-Leuten und vermied sie wenn möglich. Dank dem Erfolg dieser Politik und dem raschen Wechsel in der PR-Abteilung sah er selten denselben Mann zweimal. Weshalb, fragte er sich, befiel ihn dann dieses Gefühl des *déjà vu?*

Ah! Plötzlich fiel es ihm ein. Es war noch keine sechs Monate her, daß Renshaws Vorgänger ihm von demselben Stuhl aus sorgfältig erklärt hatte, daß der Kaufpreis für Pfandbriefe fällt, wenn der Zinssatz steigt. Thatcher hatte nichts gegen die Belehrungen, welche die Sloan jenen PR-Leuten verpaßte, die sich vorübergehend in ihren Drehtüren verfingen. Wenn sie bloß nicht so missionarisch mit ihrem frisch erworbenen Wissen verfahren wollten.

»So«, sagte er und legte den Bleistift weg, »das genügt.«

Normalerweise wäre die Stellungnahme in der Exklusivität der Wirtschaftsteile erschienen. Aber die New Yorker Zeitungen, noch immer gefesselt von der arabisch-israelischen Entente, widmeten Flensburg übermäßige Berichterstattung. Die Stellungnahme der Sloan fand sich, stark erweitert, auf den Titelseiten wieder. Als Thatcher die Artikel las, war er zufrieden. Dank seiner Änderungen war auch die Stellungnahme der Sloan völlig nichtssagend.

»Das«, sagte er zu sich selbst, »kann jedenfalls keinen Schaden anrichten.«

Selten hatte er sich so geirrt.

15

Es dauerte nicht lange, bis die Gemeinplätze der Sloan über bessere Wohnverhältnisse jemanden zu unerwarteten Schritten trieben. Erste Bekanntschaft mit dem drohenden Tumult machte Thatcher am nächsten Morgen bei seiner Ankunft im Büro. Im Vorzimmer starrte Miss Corsa ziemlich fassungslos auf einen Brief.

Das allein war schon schlimm genug. Miss Corsa betrachtete es nicht als eine ihrer Pflichten, sich vom Inhalt der Post in Verwirrung bringen zu lassen. Wenn die Post schlechte Nachrichten brachte, qualvolle Entscheidungen forderte, unmäßige Begehren an die Sloan stellte – nun, Vizepräsidenten beziehen ja auch beträchtliche Gehälter, um mit diesen Problemen fertig zu werden.

Aber es kam noch schlimmer. Miss Corsa hob die Augen und betrachtete Thatcher abschätzend. Ein Finger schwebte einen Augenblick über der Wählscheibe des Telefons. Dann änderte sie ihre Meinung.

»Vielleicht«, sagte sie sehr langsam und deutlich, »vielleicht sollten Sie sich das hier doch einmal ansehen, Mr. Thatcher.«

Wütend streckte Thatcher die Hand aus. Er wußte genau, daß es eine Menge Dinge gab, von denen seine Sekretärin ihm nichts sagte. Sie betrachtete ihn nicht als geeigneten Vertrauten für ihre Lese vom Weinstock der Sloan. Und wer konnte behaupten, daß sie daran unrecht tat? Aber wenn sie jetzt auch noch seine Post zensierte, ging das wirklich zu weit. Eine Rüge war ihm schon fast über die Lippen gekommen, als ein flüchtiger Blick auf den Briefbogen ihn starr vor Schreck innehalten ließ.

Was er in der Hand hielt, war keine gewöhnliche, maschinegeschriebene Geschäftsmitteilung. Es war ein Blatt Papier, auf dem Zeitungsbuchstaben zu einer Mitteilung zusammengeklebt waren. Sie war kurz:

NIEDER MIT ALLEN FEINDEN VON ST. BERNADETTE
IN DIESEM GEBÄUDE WIRD HEUTE NOCH EINE BOMBE
HOCHGEHEN

Wortlos wandte sich Thatcher dem Umschlag zu, der ihm jetzt gereicht wurde. Primitive Druckbuchstaben sagten nur: JOHN THATCHER, SECHSTER STOCK.

Schließlich sah er auf und begegnete Miss Corsas Blick. Es ihrer eigenen Beherrschung gleichtuend, sagte er ernst: »Sehr interessant.«

Dann brach er ab und schüttelte wütend den Kopf. So ging es nicht! Er ließ sich von Miss Corsa hypnotisieren. Sich selbst überlassen, würden sie beide fortfahren, sich gegenseitig ihre Immunität gegen Panik zu beweisen, bis das Gebäude in die Luft flog.

»Es ist nicht interessant!« bellte er. »Es ist unerhört!« und er hieb mit der Faust auf den Tisch.

Eine Frau, die von einer Bombendrohung nicht aus der Ruhe gebracht wird, läßt sich auch von Wutausbrüchen nicht beeindrucken.

»Was soll ich tun?« erkundigte sie sich mit eisiger Miene.

»Verbinden Sie mich mit der Polizei!« donnerte er und stolzierte in sein eigenes Büro.

Aber kaum hatte er die Polizei am Apparat, war ihm die Sache reichlich peinlich. Melodramen waren nie seine Stärke gewesen.

»New York City Police Headquarters«, verkündete eine Stimme.

»Hier spricht der Vizepräsident der Sloan Guaranty Trust«, begann Thatcher. Dann setzte er langsam hinzu: »Wir haben gerade einen Brief bekommen, in dem steht, daß in unserem Gebäude eine Bombe explodieren wird.«

Dies war in der Centre Street ein gewohnter Refrain.

»Ich verbinde Sie mit der Sprengstoffkommission«, sagte die Stimme freundlich.

Während des unvermeidlichen Klickens und Summens hatte Thatcher Zeit, über den Zustand einer Gesellschaft nachzudenken, in der Anrufe wie dieser an der Tagesordnung waren.

»Hallo!« dröhnte es aus dem Hörer. »Hier spricht Captain Rasche. Man sagte mir, Sie hätten eine Bombendrohung bekommen. Geben Sie mir bitte Ihren Namen und Ihre Anschrift durch, ja?«

Captain Rasche war Experte. Wenn man ihm Glauben schenken konnte, war dies keine große Sache. Sie würden nur das gesamte Personal evakuieren, das Gebäude durchsuchen und dabei die Bombe entschärfen. Es konnte nicht länger als drei oder vier Stunden dauern.

»Es ist aber ein ziemlich großes Gebäude«, warnte Thatcher.

»Waren Macy und das Rockefeller Center auch«, erwiderte der Captain. »Ich sage bloß unserer Bankabteilung Bescheid. Dann haben wir in einer Viertelstunde ein Team bei Ihnen.«

Thatcher war noch immer der Meinung, daß eine Evakuierung der Sloan komplizierter sein würde, als der Captain annahm. Und er behielt recht.

In der Notstandsstizung, die er einberief, war der Leiter der Abteilung Sicherheitswesen der erste, der sich zu Wort meldete.

»Ich glaube keinen Augenblick an diese Bombe«, erklärte er entschieden.

»Halten Sie es für einen Schwindel?« Charlie Trinkam war offensichtlich enttäuscht. Zum erstenmal seit Jahren versprachen die Bürostunden mehr Vergnügen als sein Privatleben.

»Schwindel? Gott bewahre! Es ist der erste Schritt zu einem Bankraub. Ist Ihnen klar, daß all die Zeitschlösser während der Schalterstunden abgeschaltet sind?«

Zu Thatchers Überraschung übergingen die Polizisten diesen Einfall nicht.

»Unsere Bankboys haben auch schon daran gedacht«, sagte Captain Rasche, der mit einer umfangreichen Truppe auf der Bildfläche erschienen war. »Also haben wir uns einen Plan zurechtgelegt.«

Wie sich herausstellte, bestand er darin, die Bank mit einem eindrucksvollen Aufgebot bewaffneter Polizisten abzuriegeln. Die Evakuierten würden durch den Kordon geschleust werden, der an Ort und Stelle bleiben sollte, bis die Durchsuchung abgeschlossen war.

»Nur eine Armee käme da durch«, versprach Rasche heiser.

Der nächste Einwand kam von den Kassenprüfern der Bank. Niemand, verkündeten sie finster, aber auch gar niemand dürfe die Stahlkammern in Abwesenheit der Revisoren betreten. Dies schloß auch die Polizeibeamten von New York City ein.

»Also schön«, sagte Thatcher resignierend. »Wir räumen das Gebäude und durchsuchen die Büroräume. Inzwischen wird es uns ja wohl gelingen, Vertreter der Revisoren und staatliche Inspektoren aufzutreiben. Dann können wir uns die Stahlkammern vornehmen.«

Aber die Evakuierung selbst brachte ihre eigenen Probleme mit sich. Alle Angestellten wurden dringend gebeten, das Gebäude umgehend zu verlassen. Die ersten sechs Stockwerke über die Treppen, die übrigen mit den Fahrstühlen.

Doch nur die Hälfte der Gehaltsempfänger beliebte den Anweisungen zu folgen. Zu den ursprünglichen Instruktionen kam bald noch eine Ausschmückung hinzu. Irgend jemand schlug vor, daß die Ausziehenden singen sollten. Thatcher hatte nichts gegen Versuche, den Exodus ordentlich und geregelt zu gestalten. Er mißbilligte jedoch die Wahl von *Näher mein Gott zu Dir,* denn schließlich sanken sie nicht mit der *Titanic.*

Aber Everett Gabler, der alle Disziplin guthieß, rief von seinem Aussichtspunkt auf dem Balkon herab: »Ein eindrucksvoller Anblick, nicht wahr?«

»Wenn Sie was für solche Sachen übrig haben«, erwiderte Thatcher finster.

Die ersten, die das Gebäude verließen, waren bereit gewesen, mit leeren Händen zu fliehen. Nicht so die Nachzügler. Sie erschienen gemächlich einer nach dem anderen und schleppten ihre kostbaren Habseligkeiten mit. Die Rechtsabteilung führte Mann für Mann ihre sämtlichen Akten mit. Sobald sie im Freien waren, setzten sie ihre braunen Aktenmappen ab und scharten sich darum in schützendem Kreis.

»Es gibt eine Menge Leute«, zischte der Syndikus, »die ihr Augenlicht dafür geben würden, wenn sie einen Blick in diese Akten werfen könnten.«

Im Hinblick auf die Tatsache, daß die Sloan gerade beim Ausschuß zur Bekämpfung des unlauteren Wettbewerbs an Untersuchungen des Justizministeriums, des Währungskomitees des Repräsentantenhauses und der New York State Bankenkommission mitarbeitete, konnte Thatcher diese Vorsichtsmaßnahmen nur als lächerlich betrachten. Vorausgesetzt, natürlich, daß in diesen Akten nicht mehr steckte als er wußte.

Die Immobilienabteilung war ebenso gewissenhaft gewesen. Nachdem sie einen Fahrstuhl ausschließlich für sich mit Beschlag belegt hatten, brachten sie einen Wagen nach dem anderen voll brauner Pappkartons herunter. Jetzt hatten sie sich um einen riesigen Stapel gelagert, in dem sich jeder Hypothekenbrief der Sloan befinden mußte. Den Blicken nach zu urteilen, die sie nach Süden schossen, erwarteten sie einen Überfall der Rechtsabteilung.

»Bemerkenswert«, murmelte Charlie Trinkam, der vergnügt umherschlenderte, die Hände in den Taschen.

Thatcher fragte sich, wo diese Pappkartons wohl herkamen. Lebte die Immobilienabteilung etwa in ständiger Bereitschaft zur Flucht? Er nahm sich vor, einen näheren Blick auf ihre Arbeitsweise zu werfen, sobald er mehr Zeit hatte.

Viele der Angestellten umklammerten persönliche Habseligkeiten. George Lancers Sekretärin trug, da er abwesnd war, demonstrativ die silbergerahmte Fotografie seiner Frau vor sich her. Thatcher fand dies verwunderlich. George, das wußte er, war Lucy ergeben. Aber George war ein Realist. Solange er das Original hatte, würde er ein Foto nicht überschätzen. Es gab nur eine Erklärung: Miss Evans übertrieb es mit dem Ruf zur Pflicht.

Seine eigene Miss Corsa hatte nur ihre kleine Blechbüchse. Diese Büchse war sonst in der untersten Schublade ihres Schreibtisches zu Hause und eine ständige Herausforderung an Thatchers Vorstellungsvermögen. Normalerweise ruhte sie dort in Frieden, aber von Zeit zu Zeit nahm Miss Corsa sie heraus und verschwand mit ihr in der Damentoilette. Er hatte schon alle natürlichen Erklärungen erwogen und verworfen. Lange Zeit hatte er mit dem Gedanken gespielt, daß sie Putzutensilien enthielt, die Miss Corsa für besondere Gelegenheit aufsparte. Letzte Woche war er auf eine elektrische Zahnbürste verfallen, die der speziellen Zahnpflege vor Besuchen beim Zahnarzt geweiht war. Aber würde Miss Corsa ihre Zahnbürste retten?

»Mr. Thatcher?«

Es war Captain Rasche, der ihn in seinen Rätselspielen störte. Rasche hatte die Durchsuchung der Bürostockwerke beendet und erklärte, daß sich dort keinerlei Sprengkörper befunden hatten.

»Und jetzt auf zu den Stahlkammern!«

Everett Gabler wollte eines klar verstanden wissen. »Außer den Rechnungsprüfern und den staatlichen Inspektoren werden zwei Vertreter der Bank Ihre Männer begleiten, Captain!« sagte er kriegerisch. Es bestand kein Zweifel daran, daß er sich selbst dieser Gruppe zuordnete.

»Klar«, erwiderte Rasche übertrieben liebenswürdig. »Und falls dort drin was in die Luft fliegt – je mehr wir sind, je lustiger wirds.«

Thatcher glaubte einen Weg zu sehen, wie er seinen kampfeslustigen Untergebenen ablenken konnte. »Everett«, sagte er sanft, »Sie zäumen das Pferd am falschen Ende auf. Ist Ihnen schon mal der Gedanke gekommen, daß Leute, die in der Lage sind, eine Bombe in unsere Stahlkammern zu schmuggeln, es auch gelegentlich schaffen könnten Geld dort herauszuholen?«

Einen Augenblick war Gabler sprachlos.

»Charlie und ich werden Captain Rasche begleiten«, fuhr Thatcher hastig fort. »Ich möchte, daß Sie die Dinge hier draußen im Auge behalten, für den Fall, daß unvorhergesehene Schwierigkeiten auftauchen.«

An der Tür zu den Stahlkammern trafen sie auf das erste Problem. Der Hauptkassierer hatte seinen Schalterbeamten nicht erlaubt, die Schalterräume zu verlassen, bis sie alle Kassen eingesammelt hatten. Einer jahrelangen Gewohnheit folgend, wollte er sie in der Stahlkammer verwahren.

»Später, Wilkins«, sagte Thatcher ungeduldig.

»Aber was soll ich solange mit ihnen machen, Mr. Thatcher?« jammerte Wilkins. Es war gegen jede Sicherheitsvorschrift, die Kassen an einem anderen Ort als dem Tresor zu deponieren. »Das sind mindestens fünfzigtausend Dollar!«

»Halten Sie sie fest«, sagte Thatcher und fegte weiter.

Die Durchsuchung der Stahlkammern brachte keine Bomben zum Vorschein. Es war jedoch für einen der amtlichen Revisoren eine günstige Gelegenheit, der gewisse Fachleute nur schwer widerstehen konnten.

»Hier haben Sie also Ihre Inhaberobligationen«, sagte der Inspektor und rieb sich mit unverhohlenem Interesse die Hände.

»Nicht jetzt«, sagten Trinkam und Thatcher, die Hüter des Bankgeheimnisses, gleichzeitig.

»Falls die Herren nichts dagegen haben«, sagte Rasche mit erschreckender Geduld, »wir haben noch eine Menge zu tun.«

»Was?« fragte Thatcher zerstreut. Er war gerade dabei, den Revisor von einer Aktienaufstellung loszureißen. »Wir sind doch überall gewesen. Mr. Hooper, bitte! Sie können morgen wiederkommen, wenn Sie darauf bestehen.«

»Wir haben die Schließfächer noch nicht durchsucht.«

Trinkam war entsetzt. »Wollen Sie etwa jedes einzelne Schließfach öffnen? Wissen Sie überhaupt, wie viele wir haben?« Einen Moment lang wurde er von einer furchtbaren Vorstellung abgelenkt. »Ganz zu schweigen davon, was die Kunden, die sie mieten, dazu sagen würden.«

»Hören Sie, wir müssen uns mit den Tatsachen abfinden. Wenn jemand die Absicht hatte, hier unten eine Bombe zu verstecken, wäre es doch das einfachste gewesen, ein Schließfach zu mieten und sie hineinzulegen.«

Trinkam schnaufte verächtlich. »So? Wir reden ja nicht von einer Atombombe, oder?« Er blickte auf all den Stahl und Beton, der sie umgab. »Das Gebäude wird wohl kaum zusammenstürzen. Ein bißchen Peng-peng, und wir gehen alle wieder an die Arbeit.«

»Nein, das Gebäude würde nicht zusammenstürzen. Aber jemanden, der zufällig daneben steht, könnte es ganz schön zurichten. Angenommen, einer Ihrer Leute zieht das Fach gerade heraus. Wollen Sie, daß er dann in die Luft fliegt?«

Charlie Trinkam liebte seine Mitmenschen. »Nein, nein!« protestierte er. »Ich möchte auf keinen Fall, daß jemand dabei zu Schaden kommt. Aber mein Gott, all diese verschlossenen Fächer!«

Captain Rasche war ungerührt. »Es gibt Nachschlüssel und Schlosser«, sagte er erbarmungslos. »Wir haben auch Boys, die Schlösser aufbrechen können.«

Es war ein trübseliger Haufen, der nach oben schlich. Seine einzige Genugtuung bestand darin, daß man Mr. Wilkins endlich in die Tresorräume ließ. Er umklammerte seine Kassen mit wahnwitziger Entschlossenheit.

Draußen wurde Thatcher klar, daß er das Schicksal herausgefordert hatte, als er Everett Gabler bat, gegen unvorhergesehenen Ärger Wache zu stehen.

Everett blockierte die Doppeltüren, den schmächtigen Körper steif vor Entrüstung. Er bot einem großen, lächelnden Mann die Stirn. »Unerhört!« sagte er gerade.

»Nur ein kurzer Blick«, erwiderte der große Mann wohlwollend.

»John«, fauchte Everett, »das ist Mr. Hoffman vom Finanzamt!«

Das folgende Schweigen war eisig.

Mr. Hoffmans Lächeln wurde noch gewinnender. »Ich habe gehört, daß Sie Ihre Schließfächer öffnen. Ich dachte, da kann ich einfach mal mitkommen.«

Dieser Vorschlag, der das Blut in den Adern jedes Bankangestellten gerinnen lassen mußte, wurde von dem flehenden Lächeln eines Mannes begleitet, dessen Wünsche so kläglich und bescheiden sind, daß nur ein Herz aus Stein sie abschlagen könnte.

»Nicht ohne richterliche Verfügung!« sagte Thatcher mit einer Stimme, die jede weitere Diskussion unterbinden sollte.

An Stelle des Lächelns trat schmerzliches Erstaunen.

»Ich würde mir keine Notizen machen«, versuchte er es hoffnungsvoll.

»Nein!«

Mr. Hoffman zuckte mit den Schultern. »Ich dachte, ich könnte es wenigstens mal versuchen«, sagte er philosophisch.

»Nicolls!« rief Thatcher streng. »Unterhalten Sie Mr. Hoffman, solange wir drin sind.«

Kenneth Nicolls, ein freundlicher junger Mann, war verwirrt, aber bereitwillig. Als sie gingen, hörten sie, wie er Hoffman nach seiner Meinung über Off-Broadway-Theater fragte.

Ausnahmsweise waren Thatcher, Charlie Trinkam und Gabler einer Meinung. Ihre tiefsten Bankiersinstinkte waren bedroht worden. Alle waren empört.

»Es ist geradezu unanständig«, sagte Gabler wild.

»Man kann nicht umhin, ihre Frechheit zu bewundern«, gab Charlie zu. Es war eine Eigenschaft, die er höher schätzte als Gabler.

»Ich muß mich doch sehr gegen die Annahme verwahren, daß wir schwachsinnig sind.« Thatcher war cleverere Tricks von seiten der Regierung gewöhnt, wenn diese ähnliche Unternehmungen startete.

»Nun ja«, sagte Charlie, »wenn man es mit der breiten amerikanischen Öffentlichkeit zu tun hat, ist dies vermutlich die einzige Annahme, die man machen kann.«

Captain Rasche und seine Schlosser gingen nach unten voran.

In Schließfächern sind neunzig Prozent des Inhalts voraussehbar und zehn Prozent unverständlich. Die der Sloan machten keine Ausnahme. Sie fanden die üblichen Stöße von Wertpapieren, Lebensversicherungspolicen, Testamenten und Einbürgerungsurkunden. In einer ausgewählten Anzahl von Fächern befanden sich große Bündel Banknoten, von denen sie ihre Blicke taktvoll abwandten.

»Mafia«, nahm Captain Rasche betrübt an.

»Und Ärzte«, fügte Charlie bekräftigend hinzu.

Dann fanden sich da verdächtige kleine Päckchen, denen die Sprengstoffspezialisten ihre besondere Aufmerksamkeit widmeten. Aber keines enthielt Sprengkörper, Zündpatronen, Säuren oder Gas.

»Warum wohl jemand eine alte Hundeleine hier aufhebt?« fragte Charlie niemand im besonderen.

Captain Rasche eilte zur Verteidigung des abwesenden Tierfreundes. »Ein privates Souvenir«, erklärte er. »Ich erinnere mich, als Fifi starb, habe ich es nicht über mich gebracht, seine Sachen wegzuwerfen. Das« – er seufzte sehnsuchtsvoll –, »das war mal ein Pudel!« Dann deutete er auf einen anderen Gegenstand. »Es ist wohl wesentlich schwieriger zu erklären, was das hier unten sucht, Meilen von jedem Ort entfernt, wo es nützlich sein könnte.« ›Das‹ war ein Präservativ.

»Vielleicht ist es auch ein Souvenir.« Charlie schien von Empfindungen fast überwältigt zu werden. Ehrfürchtig schloß er das Fach.

Everett Gabler entsetzte die schlüpfrige Unterhaltung.

Die restliche Durchsuchung brachte ein halbes Hühnersandwich (»Du willst das doch nicht etwa zurücklegen?«) ans Tageslicht, einen Ausweis, der seit mehr als zwanzig Jahren abgelaufen war, Stapel von Briefen, mit rosa Bändern zusammengebunden (»Mein Gott, wer hätte gedacht, daß das jemand heute noch macht?«) und Schulzeugnisse für eine Anzahl von Kindern, die mittlerweile selber Großeltern sein mußten. Danach erhielten die Schließfächer Captain Rasches feierliche Absolution.

»Das wärs«, verkündete er. »Entweder hat jemand sich einen Scherz erlaubt, oder er dachte, er könne die Bank überfallen, und es hat nicht hingehauen.«

»Und was ist Ihrer Meinung nach wahrscheinlicher, Captain?«

Zum erstenmal zeigte Rasche Anzeichen von Ermüdung. »Wir haben durchschnittlich fünfzehnmal am Tag blinden Alarm. Jeder Schwachkopf in der Stadt weiß, daß man auf diese Weise eine Menge Aufregung verursachen kann. Bei jeder anderen Branche würde ich in neun von zehn Fällen sagen, daß er draußen in der Menge steht und einen Mordsspaß hat.«

»Und in der Bankbranche?«

»Nur in acht von zehn Fällen«, erwiderte Rasche. Er hatte offenbar keine hohe Meinung von der menschlichen Natur. »Ihre Leute können jetzt wieder rein.«

Das war einfacher gesagt als getan. Trotz der Wachsamkeit von Bürovorstehern und Abteilungsleitern war eine erstaunlich große Zahl von Angestellten verschwunden. Eine Gruppe von Sekretärinnen hatte man zuletzt gen Liberty Street streben lassen, wo Wanamakers einen Ausverkauf an Strickkleidern ankündigte. Einige Programmierer waren in der nahen Fachbuchhandlung verschwunden. Und viel zuviele Treuhänder hatten ihre Schritte zur nächsten Bar gelenkt.

»Genau das habe ich befürchtet«, sagte Thatcher, als man ihm Bericht erstattete. »Nur Techniker lesen.«

»Aber, Mr. Thatcher«, rief der Personalchef, der nicht verstand, wovon Thatcher redete, »wie soll ich das auf den Anwesenheitslisten führen? Ich bin sicher, daß der Aufsichtsrat es wissen will.«

Thatcher hatte bereits an die unvermeidlichen Fragen des Aufsichtsrates gedacht. Aber vorher kam noch ein anderes Frage- und Antwort-Spiel.

Captain Rasche wollte mit ihm reden.

16

Thatcher führte Captain Rasche in das Gebäude. Die Sloan Guaranty Trust ähnelte einem umgestürzten Bienenkorb. Oben in der Trustabteilung konnte man kaum sein eigenes Wort verstehen vor Gefühlsbekundungen, Erlebnisbeschreibungen und philosophischen Auslegungen.

Rasche tat seine fachmännische Meinung kund.

»Wohl Ihre erste Bombendrohung, was?« bemerkte er, als sie weitergingen. Sie hörten Innes von der International, der alle anderen mit Erinnerungen an Guatemala überschrie, wo Bombenanschläge noch richtige Bombenanschläge gewesen waren.

Thatcher gab zu, daß die Sloan bis jetzt vor den Aufmerksamkeiten der Terroristen verschont geblieben war.

»Das sieht man.« Rasche nickte weise. »Ihre Leute regen sich noch auf. Wenn sie das erst ein-, zweimal mitgemacht haben, wird es sie ziemlich anöden. Und dann, falls wir das Gebäude bei Regen räumen müssen, dann werden Sie das Wort ›lynchen‹ öfter hören.«

Thatcher verbannte resolut jeden Gedanken an die Aussicht, eine Bank leiten zu müssen, die chronisch evakuiert wurde. Glücklicherweise war Miss Corsa ein Bild der Gelassenheit. Vermutlich ruhte ihre kleine Blechbüchse sicher in der untersten Schublade. Dem bloßen Auge erschien alles in Ordnung.

Bis auf den Brief natürlich, den Captain Rasche rasch untersuchte und dann seinem Begleiter reichte.

»St. Bernadette«, las er laut. »Die haben natürlich in letzter Zeit eine Menge Schlagzeilen gemacht. Möglich, daß jemand das ausgenutzt und nur ihren Namen gebraucht hat. So würde ich das normalerweise sehen. Wenn nicht ...«

Er brach ab, aber Thatcher hatte keine Schwierigkeiten, den Satz zu beenden: Wenn nicht der Mord wäre.

Rasche wandte seine Aufmerksamkeit wieder dem Brief zu. Aus Erfahrung konnte er sagen, daß das Schreiben selbst wenig Hilfe bieten würde. Keine Fingerabdrücke – oder zu viele.

»Wir werden überprüfen«, begann er, »wie der Brief zu Ihnen gelangt ist.«

»Vielleicht können wir Ihnen da helfen.« Thatcher läutete nach Miss Corsa.

Sie war ihnen bereits voraus. »Daran habe ich schon gedacht«, berichtete sie, und ihre Stimme ließ vermuten, daß sie Thatchers und Rasches bisherige Bemühungen als Zeitverschwendung betrachtete. »Der Brief ist nicht mit der Post von draußen gekommen. Auf dem Umschlag war keine Briefmarke. Und es war an Sie namentlich adressiert, Mr. Thatcher. Kein Titel und keine Adresse. Nur sechster Stock. Ich habe Sheldon gefragt, und er hat Manuel gefragt ...«

Der Brief war am vorhergehenden Abend nach Bankschluß in den Nachtbriefkasten der Sloan geworfen worden. Morgens war der Kasten geleert und sein Inhalt mit der anderen Post in die Poststelle gebracht worden. Miss Corsa hatte ihn bei der Ankunft auf ihrem Schreibtisch gefunden.

»Gut«, sagte Rasche. »Wir werden die Nachtwächter fragen. Vielleicht hat einer von ihnen gestern abend etwas bemerkt.«

»Ich bezweifle es«, ließ Thatcher sich vernehmen. Hunderte von Leuten und Firmen benutzten den Nachttresor der Sloan. Deshalb wurde die Wall Street während der Stunden, in denen sie still, leer und gefährlich für Leute war, die große Summen Bargeld bei sich trugen, ziemlich scharf beobachtet. Aber während der Büroschlußstunden, wenn Tausende an der Sloan vorbei zur U-Bahn eilten, war es unmöglich, jemanden zu identifizieren, der einen Briefumschlag in einen Schlitz steckte.

»Und wir werden uns sämtliche Leute von St. Bernadette vornehmen«, fuhr Rasche fort. »Ich habe mich bereits mit der Mordkommission in Verbindung gesetzt. Aber noch etwas – diese Sache mit dem sechsten Stock – wie viele Leute wissen, daß Ihr Büro im sechsten Stock liegt?«

Thatcher versuchte, sich darüber klar zu werden, als er bemerkte, daß Miss Corsa noch in der Tür stand. Da Miss Corsa niemals unschlüssig war, bestand die Möglichkeit, daß sie noch etwas zu offerieren hatte.

»Ja, Miss Corsa?« erkundigte er sich.

»In dem Brief stand *nieder mit allen Feinden von St. Bernadette«*, erinnerte sie ihn. »Sollten sie nicht gewarnt werden?«

»Und wer sind die Feinde von St. Bernadette?« fragte Rasche ganz allgemein.

»Unger Realty«, informierte Miss Corsa ihn sofort. »Und das Erzbistum.«

Damit war es um Rasches Gemütsruhe geschehen. Hastig erhob er sich, verkündete Thatcher, daß er sich wieder melden würde, und verschwand.

»Aber wenn dieser Brief von jemandem stammt, der mit St. Bernadette in Verbindung steht«, überlegte Thatcher laut, »was hoffte er dann zu erreichen, indem er die Sloan mit einer Bombendrohung in Panik versetzte?«

Miss Corsa war ein pedantischer Mensch. »Er hat alle Leute lange von der Arbeit abgehalten«, bemerkte sie.

»Ich hoffe, Miss Corsa, daß Ihr Sarkasmus nicht auf meine Kosten geht«, sagte Thatcher. »Da Sie schon hier sind, können wir ja gleich anfangen. Zuerst möchte ich alle Abteilungsleiter sprechen ...«

Noch als er Vorkehrungen für eine sofortige Bestandsaufnahme des angerichteten Schadens traf, dachte er über Miss Corsas Worte nach. Welchen Nutzen konnte eine Arbeitsunterbrechung in der Sloan für jemanden in St. Bernadette haben?

Aber in den nächsten zwei Stunden hatte er wenig Gelegenheit, diesen Gedankengang weiterzuverfolgen. Fast sofort kamen die Abteilungsleiter einer nach dem anderen herein und begannen zu jammern und zu klagen. Das Ausmaß der Verwüstung war überraschend groß. Zum erstenmal in überlieferter Geschichte hatte die Sloan unbeabsichtigt gegen mehrere strenge Anordnungen des lokalen und nationalen Bankgesetzes verstoßen. Besondere Anordnungen von Kunden waren unbeachtet geblieben. Der Aktienhandel war zusammengebrochen. Termine waren bedeutungslos geworden. Sowohl Mellish von den Rücklagekonten und Bannerman vom Bundesfonds waren nicht in der Lage, ihre Lage klar und einleuchtend zu schildern.

Everett Gabler hatte diese Schwierigkeiten nicht. »... und außerdem sind drei Treuhänder spurlos verschwunden. Ich bedaure sagen zu müssen, daß unter ihnen ein Trinkam ist.«

»Betrachten Sie es«, riet Thatcher ihm desinteressiert, »als eine lange Mittagspause. Was nun den täglichen Abrechnungsbericht betrifft ...«

Die Sloan wieder ins Gleichgewicht zu bringen, war nicht einfach. Thatcher gab gerade sehr direkte Anweisungen zur Wahrung der Sicherheit, als Miss Corsa anrief.

»Nein, Miss Corsa, stellen Sie jetzt keine Gespräche durch«, sagte er ungeduldig. Er konnte sich sehr gut vorstellen, was viele seiner Freunde und Bekannten von dem morgendlichen Abenteuer der Sloan hielten.

Miss Corsa war genau. »Ich habe Mr. Robichaux, Mr. Waymark und Mrs. Withers bereits gesagt, daß Sie am Nachmittag zurückrufen werden.«

»Schön, schön«, sagte Thatcher und zeichnete eine Liste ab, die Bannerman ihm mit zitternder Hand reichte.

»Jetzt habe ich Mr. Unger am Apparat«, fuhr Miss Corsa unerbittlich fort. »Ich glaube, daß Sie mit ihm sprechen sollten. Er ruft aus einer Telefonzelle in einem Drugstore ...«

Bevor Thatcher ihre letzten Worte verdaut hatte, brach ein hysterischer Wortschwall über ihn herein.

»Eine Bombe!« schrie Unger. »Gott sei Dank, daß Dad nicht da ist!«

»Eine richtige Bombe – oder nur eine Bombendrohung?« Thatcher unterbrach ihn, um Zeit zu sparen. Er bemerkte, daß alle Leute in seinem Büro aufblickten. Selbst Bannerman sah weniger verdrießlich aus. Es gab keinen Zweifel, Trübsal liebte Gesellschaft.

»Sie suchen gerade«, murmelte Unger gequält. »Alle Angestellten mußten das Gebäude verlassen. Sie können sich gar nicht vorstellen, was für ein Durcheinander ...«

»O doch, das kann ich«, sagte Thatcher grimmig. »Wir hatten heute morgen unsere eigene Bombe.«

Unger interessierte sich nicht dafür, was bei der Sloan passiert war. Thatcher unterbrach sein unzusammenhängendes Klagelied. »Hat man Ihnen vorher eine Warnung geschickt?«

Unger Realty hatte keinen Brief bekommen. Eine verstellte Stimme hatte kurz nach dem Mittagessen die Zentrale angerufen. Bevor der Schock sie überwältigte, hatte Myrtle zwei Sätze wiederholt: *In Ihrem Gebäude befindet sich eine Bombe. Sie werden St. Bernadette nicht zerstören.«*

»Hm«, machte Thatcher.

»Mein Gott! Was sind das für Leute, die Bomben werfen – wegen eines lausigen Grundstücks?« Ungers Stimme zitterte. »Was für ...«

Thatcher hatte keine Zeit, ihm zu erklären, daß es bei St. Bernadette um mehr ging, als nur um ein Grundstück. Und wenn er Bedürfnis nach Temperamentsausbrüchen hatte, so konnte er das in seinem eigenen Büro befriedigen.

»Jedenfalls wünsche ich Ihnen viel Glück«, sagte er mitleidslos. »Und wenn bei Ihnen was explodiert, sagen Sie mir Bescheid.«

Ohne abzuwarten, legte er auf.

Einen Augenblick lang vergaß Everett seine Pflichten. »Eine Bombendrohung bei der Unger Realty? Das beweist doch, daß die Sache mit St. Bernadette zusammenhängt, habe ich recht?«

»Ich nehme es an«, sagte Thatcher. Es war eine Schande. Everett hätte es ganz offensichtlich lieber mit Anarchisten zu tun gehabt. »Haben wir einen vorläufigen Bericht für die Landeszentralbank?«

Vierzig Minuten später erschien Miss Corsa erneut und verkündete: »Es war doch eine Ente bei der Unger Realty. Man hat keine Bombe gefunden.«

Thatcher sah von dem Entwurf auf, den er und Bannerman gerade zusammenstellten.

»Gut«, sagte er zerstreut. »Seien Sie so nett und halten Sie mich auf dem laufenden, wenn die Kanzlei des Erzbistums evakuiert wird, Miss Corsa.«

Miss Corsa verbarg nicht ihre tiefe Mißbilligung über die Nonchalance, mit der er dieses Thema abtat.

»Mr. Gaven von der Presseabteilung möchte Sie sprechen«, sagte sie und ignorierte seine letzte Anordnung. »Er war während des Krieges bei den Pionieren und möchte wissen, ob er eine hauseigene Sprengstoffkommission zusammenstellen kann.«

»Sagen Sie ihm«, sagte Thatcher und beherrschte sich mühsam, »er soll mir ein Memo darüber schicken. Was sagten Sie, Everett?«

Es folgte eine lange Ausführung, wie man die Unannehmlichkeiten welche die Sloan sich vielleicht aufgeladen hatte, auf andere Schultern abschieben konnte – ganz gleich auf welche. Everett hatte kaum ausgeredet, als auch schon wieder Miss Corsa erschien.

»Was gibt's denn jetzt?« verlangte Thatcher zu wissen, bevor ihm auffiel, daß Miss Corsa bleich aussah. Aber schließlich hatten sie einen langen, anstrengenden Tag hinter sich.

»Das ist gerade über Fernschreiber gekommen«, verkündete sie.

Thatcher warf einen Blick auf die Uhr. Die Börse hatte schon vor Stunden ohne weitere Kursstürze geschlossen. Hatte man vielleicht den Krieg erklärt?

»Sie räumen jetzt die Kanzlei«, sagte Miss Corsa hohl. »Jemand hat gedroht, den Kardinal in die Luft zu jagen!«

Es war spät am Abend, als Thatcher sich endlich ein wenig Ruhe gönnen konnte. Er hatte alles menschenmögliche getan. Mit ein bißchen Glück konnte die Sloan den morgigen Tag beginnen, als hätte der heutige nie stattgefunden.

»Viel Lärm um nichts«, kommentierte Charlie Trinkam, der mit seiner gewohnten Sorglosigkeit an die Arbeit zurückgekehrt war. Er saß jetzt auf einer Ecke von Thatchers Schreibtisch und nahm an einem gleichgültigen Postmortem teil.

Miss Corsa warf ihm einen Blick brennenden Tadels zu, den er richtig interpretierte.

»Na, na, Rose«, sagte er schmeichelnd. »Die Sache beim Kardinal war doch auch nur eine Ente, oder? Kein Mensch hat einen anderen in die Luft gejagt.«

Da dies stimmte, nahm Miss Corsa wieder ihre übliche würdevolle Haltung an. War das, fragte sie Mr. Thatcher, alles?

»Ja«, sagte Thatcher. Es hatte keinen Sinn, Miss Corsa für ihren heroischen Einsatz zu danken. Das konnte er nur mit einem Geschenk tun. Selbst Miss Corsa würde ein Kleinod von Bergdorf nicht einfach ignorieren.

»Ein sauberer Schwindel«, bemerkte Charlie.

Walter Bowman, der ein Gähnen unterdrückte, verlangte eine Erklärung.

Charlie erläuterte. »Da machen wir uns den ganzen Tag wegen einer Bombendrohung verrückt. Die Sloan schließt ihre Pforten. Unger ist durchgedreht, soweit ich gehört habe. Und als sie die Chancery evakuiert haben – da haben sie so ziemlich die ganze

Innenstadt abgeriegelt. Sie haben dort drüben so viele Polizisten und Feuerwehrmänner, daß der gesamte Verkehr zwischen der Forty-second Street und dem Central Park zum Erliegen kam. Jetzt sind sie noch immer dabei, die Stauung aufzulösen.«

Es war, darüber war man sich einig, ein denkwürdiger Tag.

»Und das alles, weil irgendein Hitzkopf sich über St. Bernadette aufgeregt hat, stimmt's?« fuhr Charlie fort.

Thatcher antwortete, daß dies eine vernünftige Annahme sei.

»Tja«, fuhr Charlie fort, »dabei würde ich meinen letzten Dollar wetten, daß sich in St. Bernadette überhaupt niemand aufregt. Ihr kennt ja die Flensburger Typen: echte, gute, grundsolide Bürger. Die sitzen bestimmt vorm Fernseher und gehen früh ins Bett. Falls dort überhaupt etwas los ist, dann spielen sie im Pfarrhaus eine Partie Whist.«

Charlie übrigens zog Bomben einer Partie Whist jederzeit vor.

Ganz recht hatte er jedoch nicht. Es war nicht Whist, es war Beano.

». . . Nummer zweiundzwanzig«, rief der Mann auf dem Podest.

Stöhnen, entzückte Schreie, verbissenes Schweigen. An langen Tischen sahen Männer und Frauen auf ihre Karten und blickten auf, als die Nummer zweiundzwanzig mit Kreide auf die Tafel hinter dem rotierenden Rad geschrieben wurde.

»Alles fertig? Die nächste Nummer ist – acht-acht . . .«

Sichtbar neben dem Ausrufer aufgebaut, waren die Preise, die sich die karitative Brüderschaft der Flensburger Kaufleute vom Herzen gerissen hatten: ein Toaster, zwei Schinken in Dosen, eine bemalte Porzellanlampe und ein Weckerradio. Aber das halbe Hundert der Gemeindemitglieder, die sich regelmäßig zu diesem wöchentlichen Spiel zusammenfanden, wurden von dem Wunsch nach Geselligkeit ebenso angezogen wie von der Hoffnung, einen Preis ohne Einsatz zu gewinnen.

In der Tür stehend, sah Father Doyle wohlwollend zu. Er teilte Charlie Trinkams Ansichten über die Welt nicht. Das stille Flensburg, oder das Flensburg, das Abwechslung und Aufregung in einem freundschaftlichen Beanospiel suchte – das war das Flensburg, das Father Doyle kannte und liebte. Genau wie er das Flensburg um zehn Uhr abends liebte, wenn alles in den Betten lag.

». . . Nummer sechsundzwanzig – sechsundzwanzig . . .«

»BEANO!« Mrs. Lento sprang auf. »Beano! Nach sechs erfolglosen Wochen!«

Um sie herum erhob sich ein Summen freundlicher Enttäuschung und herzlicher Glückwünsche.

Ein hübsches Bild, freute sich Father Doyle. Glücklich. Friedlich. So wie es sein sollte.

Während Mrs. Lento nach vorn ging, um ihr Weckerradio in Empfang zu nehmen, beschloß Father Doyle, draußen noch einen Moment Luft zu schnappen. Selten hatte er sich so wohl gefühlt. Er blickte den Jackson Boulevard hinauf und hinunter. Hier war alles ruhig und friedlich. Was woanders auch geschehen mochte, Flensburg war kein Schlachtfeld mehr. »Und danke für die erwiesene Gnade«, sagte Father Doyle leise. Er wandte sich gerade um, um wieder hineinzugehen, da hörte er es.

Es war ein schriller Aufschrei. Dann Schweigen.

Verwirrt schüttelte er den Kopf. Der Jackson Boulevard war noch immer ruhig. Seine alten Ohren mußten ihm einen Streich gespielt haben.

Plötzlich wurde er steif. Aus der Gemeindehalle dröhnte das Laufen vieler Füße.

»Maria Mutter Gottes!« keuchte er.

Hinter ihm ertönte eine atemlose Stimme. »Vater, haben Sie gehört?«

Father Doyle konnte den Mann nur anstarren. Jemand rannte hinaus auf den Parkplatz und deutete wie wahnsinnig zum Himmel.

Ein matter, roter Glanz loderte in die Nacht.

»Feuer!« rief jemand.

Menschen drängelten an Father Doyle vorbei.

»Feuer! Die Schule brennt!«

»Wo ist der Feuermelder?«

Und dann ertönte in der angstvollen Aufregung eine neue Stimme.

»Es ist eine Bombe!« kreischte eine Frau. »In St. Bernadette ist eine Bombe explodiert!«

17

Innerhalb von Sekunden waren der Schulhof und der Parkplatz von Menschen überschwemmt.

Die Beanospieler waren natürlich die ersten am Schauplatz. Hinter sich ließen sie umgeworfene Stühle, hingeworfene Spielkarten, abgekaute Bleistiftstummel und die Lampe, die der nächste Preis hätte sein sollen. Selbst das Rad, das zum Ziehen der Nummern benutzt wurde, war von seinem Ständer geworfen worden.

Aber bald gesellten sich zu ihnen andere, welche die Explosion gehört oder die lodernde Stichflamme gesehen hatten. Die meisten Geschäfte auf der anderen Seite des Jackson Boulevard waren geschlossen. Phil Kavanaugh jedoch hatte den Abend der Arbeit gewidmet. Er sortierte liegengebliebene Taschenbücher aus, die er dem Großhändler zurückschicken wollte. (Er rühmte sich, daß jeder einzelne Titel in der Auslage Schwester Veronicas Billigung gefunden hatte. Schwester Veronica war zu klug, um zu fragen, was er *unter* dem Ladentisch hatte.) Als die Explosion ertönte, wurde Kavanaugh starr. Einige Sekunden lang verharrte er über einen Stapel Bücher gebeugt, nur den Kopf erhoben. Seine Augen funkelten. Dann hastete er auf den Bürgersteig und fiel in einen seltsamen, ungelenken Trott.

Das Hauptquartier des Elternverbandes war ebenfalls besetzt gewesen. Vor Wochen schon hatte sich ein junges Ehepaar bereiterklärt, die zurückkommenden Fragebogen auszuwerten. Noch bevor die Polizei den Laden wieder freigegeben hatte, hatten die Connors sich Marys Entschlüsselungsschema und vom Postamt die Fragebogen geholt und sich an die Arbeit gemacht. Demonstrationen und Mieterkreuzzüge waren gekommen und gegangen. Unbeachtet von den anderen hatten die Connors sich weiter ihrer selbstgestellten Aufgabe gewidmet. Genau in dem Augenblick, als ihre Arbeit irrelevant wurde, beendeten sie sie. Triumphierend hatten sie die letzte Tabelle ausgefüllt und schlossen die Tür ab, als Joan auf St. Bernadette deutete und den Arm ihres Mannes packte. Geistesgegenwärtig stürzte Ed Connor wieder ins Büro und rief die Feuerwehr.

Die Nonnen im Kloster hinter der Schule verließen gerade nach der Abendandacht die Kapelle. Bevor sie sich zurückzogen, schwatzten sie gewöhnlich noch ein paar Minuten. (»Warum ist das Essen nur immer so viel schlechter, wenn Schwester Columba kocht? Ich weiß, daß es heilsam für Schwester Columba ist, wenn sie eine so unangenehme Aufgabe auf sich nimmt, aber wer denkt an uns? Könnte ihr die Ehrwürdige Mutter nicht eine andere Aufgabe zuteilen? Wie Silber putzen?«) Dann sahen sie das Feuer, erschraken und rannten zur Schule.

Als die Fenster des kleinen Anbaus das Feuer widerszuspiegeln begannen, waren diese Leute alle am Schauplatz. Es dauerte nicht lange, bis die Feuerwehrmänner, Bewohner der umliegenden Häuser und ein paar Stammtischbrüder aus der *Galway Tavern* sich zu ihnen gesellten. Neuankömmlinge hörten bald von der Explosion und der Stichflamme. Alle beobachteten, wie die Feuerwehrleute bald von Technikern unterstützt wurden – von der Branddirektion und der Sprengstoffkommission der Polizei. Teenager in der Menge drehten ihre Radios lauter, als die unvermeidliche Ansage kam: »Wir unterbrechen unser Programm. In der katholischen St. Bernadette-Schule in Flensburg ist soeben eine Bombe explodiert. Im Laufe des Tages waren in St. Patrick, der Sloan Guaranty Trust und der Unger Realty Bombendrohungen eingegangen . . .«

Eine Stunde später war St. Bernadette nicht wiederzuerkennen. Trampelnde Füße und Ströme von Wasser hatten den Schulhof in Matsch verwandelt. Zerbrochenes Glas und Asche häuften sich an den geschwärzten Mauern des Anbaus. Eine Rauchwolke, die noch immer über dem Gebäude hing, verbreitete den Gestank von verkohltem Holz.

Die Löscharbeiten waren beendet. Das Hauptgebäude der Schule war gerettet worden. Selbst die Mauern des zerstörten Anbaus waren noch unbeschädigt. Aber Männer in hüfthohen Stiefeln durchsuchten noch immer die Trümmer. Ab und zu wurde ein Gegenstand aufgehoben und zur Sprengstoffkommission gebracht. Fast ganz Flensburg drängelte sich nun am Schauplatz der Katastrophe und hörte die Schlüsse, die man zog.

»Die Sache ist ganz klar. Der Anbau hat eine Teeküche. Während des Mittagessens wechseln die Mütter sich mit der Beaufsichtigung ab. Jemand hat einen Molotowcocktail mit einer primitiven Zündung benutzt. Die Flamme des Gasofens war aus, aber die Hähne hatte jemand offengelassen. Daher auch die Explosion. Glücklicherweise brannte die Zündschnur nur fünf Minuten. Sonst hätte die Explosion den ganzen Anbau eingerissen.«

Die Folgerungen aus dieser Rede waren entsetzlich genug, um sich in wenigen Minuten wie ein Lauffeuer bis an den äußersten Rand der Menge zu verbreiten.

»Hast du gehört, was er gesagt hat? In der Schule war eine Bombe!«

»Wenn die Kinder dringewesen wären! Sie hätten alle getötet werden können!«

»Sie haben nur einen Fehler mit der Zündschnur gemacht. Sie wollten die ganze Schule hochfliegen lassen!«

»Mein Gott, was haben wir bloß für ein Ungeheuer in Flensburg?«

Einige Leute waren helle genug, um zu demselben Schluß zu kommen wie der Rundfunkkommentator.

»Hast du gehört, daß sie drüben in St. Patrick und der Bank auch Bombendrohungen hatten? Das ist dieselbe Sache . . .«

Dieser Vergleich versetzt jemanden in Wut.

»Was heißt das, dieselbe Sache? Da haben sie doch überhaupt keine Bomben gefunden!«

Eine Mutter ging noch weiter. »Und Kinder waren dort auch nicht. Mein Gott, das muß ein Verrückter sein!«

Dann ertönten am anderen Ende der Menge neue Rufe.

»He! Platz da! Father Doyle kommt.« Die Menge teilte sich, und zur Sprengstoffkommission entstand ein Durchgang, an dessen Ende Father Doyle erschien, von Mary Foster und den Ianellos gestützt. Er schwankte beim Gehen, war verwirrt und bestürzt, sprach aber mit der störrischen Beharrlichkeit eines Mannes, der nicht glauben will, was er hört.

»Nein, nein. Das muß ein Irrtum sein. Weshalb lassen Sie die Leute diese Lügen verbreiten?«

Sal Ianello hatte ihn untergehakt. »Hochwürden«, sagte er beruhigend, »ich weiß, daß es schrecklich ist, aber Sie dürfen nicht . . .«

Father Doyle entzog ihm heftig den Arm. »Reden Sie nicht so dumm daher«, fauchte er. »Sie sind wie Kinder, alle. Sie wollen die Dinge nur dramatisieren! Das war ein Brand, mehr nicht. Jemand ist unvorsichtig gewesen!«

Ruhig legte ihm Ianello wieder die Hand auf den Arm. Father Doyle schien es nicht zu bemerken. Er murmelte jetzt vor sich hin. »Ein Unfall, das muß es sein.«

Über seinen Kopf hinweg tauschten Mary Foster und die Ianellos besorgte Blicke. Sal deutete mit dem Kopf auf Mary, um ihr zu sagen, daß sie weitermachen solle. Es würde dem Priester angenehmer sein, mit einer Frau zu sprechen.

Mary zögerte nicht. »Das Feuer ist ja jetzt gelöscht, Hochwürden. Die Wagen sind sofort gekommen, und sie haben kaum mehr als zwanzig Minuten gebraucht, um mit dem Schlimmsten fertigzuwerden.« Sie bemühte sich, nicht den Eindruck einer fröhlichen Krankenschwester zu erwecken, während sie die anderen mit sich zog. »Das sind die Männer, die die Löscharbeiten geleitet haben. Wir sind ihnen großen Dank schuldig.«

Der Feuerwehrhauptmann und der Leiter der Sprengstoffkommission traten vor. Sie waren verständnisvoll, blieben aber bei ihrer Meinung. Geduldig erbrachten sie Beweise, legten ihre Schlußfolgerungen dar und erklärten die Wirkung von Zündschnüren und Gaskonzentrationen.

»Ich fürchte, es besteht kein Zweifel, Hochwürden«, sagte der Marshall mit freundlicher Endgültigkeit. »Das Attentat war ein Kinderspiel. In ein paar Minuten ist so was gemacht.«

Zuerst hatte Father Doyle sich gesträubt, seine Augen wandten sich von den hohlen Fensterrahmen des Anbaus ab. Aber diese letzten unbarmherzigen Worte schienen über seine Kräfte zu gehen. Er sank gegen seine Begleiter.

»Wer in meiner Gemeinde«, fragte er sich, »ist einer solchen Tat fähig?«

»Father Doyle!« schrie Mary Foster. »Das ist zu viel für Sie! Sie sollten sich ausruhen.«

Der Priester schöpfte aus den letzten Reserven seiner Willenskraft und versuchte, sich aufzurichten. »Ich muß wissen, wie es geschehen ist. Ich muß alles wissen. Vielleicht verstehe ich dann den Grund.«

Sal Ianello war ruhig und sanft. »Ja, natürlich, Hochwürden. Aber die Männer arbeiten noch. Ich werde mich erkundigen und es Ihnen morgen sagen.« Er begann, den alten Mann umzudrehen. »Aber jetzt warten Mrs. Dewey und Father James darauf, Sie nach Hause zu begleiten. Sie müssen sich ausruhen.«

Die Pfarrhaushälterin hatte sich schon eine ganze Weile in der Nähe der kleinen Gruppe aufgehalten. Jetzt traten sie und Father James vor.

»Ich bin ein alter Mann«, sagte Father Doyle pathetisch. »Zu alt, um das alles zu verstehen.«

Mrs. Dewey legte einen Arm um ihn, und er ließ sich zum Pfarrhaus geleiten. Father James folgte ihnen.

Schweigend beobachtete die Menge sie. Dann folgte ein allgemeines Seufzen. Vor Father Doyles Erscheinen waren sie aufgeregt und erschrocken gewesen. Jetzt wurde ein Murmeln der Verärgerung laut.

»Was, wenn dieser Kerl es noch mal versucht?«

»Diesmal hatten wir Glück. Aber wir müssen die Kinder schützen. Nächstesmal könnte es nicht so glimpflich verlaufen.«

Als sich die ersten Rufe nach Vorsichtsmaßnahmen erhoben, erschienen zwei weitere Neuankömmlinge. Sie liefen zusammen den Jackson Boulevard herunter, aber am Eingang des Schulhofes trennten sie sich. Bob Horvath ging zu den anderen Mitgliedern der Gemeinde. Willard Ericson trat schnurstracks auf die Beamten zu.

»Mein Gott, ist es wahr?« erkundigte Horvath sich. »Ich habe überhaupt nichts davon gewußt, aber Ericson hats im Radio gehört und ist sofort gekommen. Er hat mich unterwegs abgeholt.«

Eifrige Stimmen versicherten ihm sofort, daß es stimmte, wiederholten, was die Experten gesagt hatten, und erzählten, daß Father Doyle ein gebrochener Mann war.

»Es war schrecklich«, sagte Pat Ianello, noch immer ganz bleich. »Der arme Father Doyle. Vor unseren Augen ist er um zwanzig Jahre gealtert.«

»Ich habe ihm versprochen, mein Bestes zu tun, um herauszufinden, wie es passiert ist«, sagte Sal. »Damit ich es ihm morgen berichten kann.«

»Klar«, sagte Bob Horvath mit gerunzelter Stirn. »Natürlich hat er ein Recht darauf, alles zu erfahren. Aber versteh mich recht, Sal, wir können nicht allzuviel von Father Doyle erwarten. Wir können ihn nicht mit allen unseren Problemen belasten.«

Sal starrte ihn an. »Was heißt das? Er ist unser Pfarrer, oder?«

»Sicher. Aber er versteht im Grunde gar nicht, was hier vorgeht. Und er versteht nicht viel von Gerichten und Fernsehen und diesen Dingen. Was ich sagen will, ist folgendes. Wir brauchen nicht bis morgen früh zu warten. Wir haben Mr. Ericson hier.«

Das klang gut in den Ohren der Menge.

»Wir wollen wissen, was Mr. Ericson dazu zu sagen hat«, rief jemand aus dem Hintergrund.

»Mach schon, Bob«, drängte eine Frau. »Bring ihn hier rüber.«

Aber Willard Ericson hatte seine Unterhaltung mit dem Feuerwehrhauptmann bereits beendet. Geschäftig drängte er nach vorn.

Aus jeder Ecke des Schulhofes kamen die Eltern auf ihn zu, gespannt und voller Erwartung.

Korrekt wie immer musterte Ericson die Menge über seine Brillengläser hinweg.

»Der Marshall hat mir versichert, daß die Explosion absichtlich mit einer Bombe verursacht worden ist. Offenbar ist es eine sehr einfache Vorrichtung gewesen, die jedermann zugänglich ist.«

Das hatten sie bereits gewußt. Aber sie verharrten hoffnungsvoll. Erfahrung hatte bewiesen, daß Ericson sich erst warmreden mußte.

»Wir laufen nun nicht länger Gefahr, unverantwortlicher Beschuldigungen verdächtigt zu werden. Jetzt ist der Zeitpunkt gekommen, da wir uns um größtmögliche öffentliche Aufmerksamkeit bemühen müssen. Wir haben nichts zu verlieren und alles zu gewinnen. Die mitfühlende Reaktion wird enorm sein. Kein Fernsehzuschauer wird die Eltern von St. Bernadette jetzt anders denn als Opfer sehen.«

Ericson hatte den Kontakt mit seinen Zuhörern verloren. Er war ein zu fähiger Anwalt, als daß er das nicht fühlte. Leider wußte er nicht, warum. Er hielt inne, um die Gefühle um ihn herum zu analysieren, spürte aber nichts Definitives. Nur ein leichtes, schweigendes Zurückziehen.

Es war Mary Foster, die das Wort ergriff. »Aber Mr. Ericson«, sagte sie steif, »es sind keine Fernsehkameras hier.«

War es das, was sie beunruhigte? Hastig versicherte Ericson: »Wir werden sie holen. Morgen früh können wir möglicherweise einen halbstündigen Sonderbericht über den Bombenanschlag arrangieren. Das dürfte nicht schwer sein.«

Sal Ianello kochte vor Wut. »Sind Sie denn vollkommen übergeschnappt? Uns zu erzählen, wir hätten nichts zu verlieren? Ich habe eine kleine Tochter, die St. Bernadette besucht!«

Zu spät machte Ericson sich Gedanken über diesen Blickwinkel. »Aber Mr. Ianello«, protestierte er, »Ihrer kleinen Tochter wird eine Publicitykampagne doch nichts anhaben. Ich verstehe nicht ...«

»Ich will keinen Publicityzirkus wegen des Bombenanschlags«, schrie Sal. »Glauben Sie etwa, daß ich jeden Verrückten der Stadt auf uns aufmerksam machen möchte? Ich will, daß die Bombenanschläge aufhören!«

Über die Gefühle der Menge bestand kein Zweifel. Rufe der

Ermutigung erhoben sich auf allen Seiten. Bob Horvath blickte Ericson mit dumpfer Enttäuschung an. Mary Foster rückte ein paar Schritte von ihm weg.

»Zeigs ihnen, Sal!«

»Mit mir kannst du rechnen, Sal!«

»Wir brauchen keine Fremden, die ihre Nase in unsere Angelegenheiten stecken!«

Aber einige wollten Einzelheiten wissen. Was, fragten sie, wollte Sal unternehmen? Was konnte man tun?

»Ich sags euch, wenn ihr alle den Mund haltet!«

Unbewußt verschob sich der Kreis. Jetzt befand sich Sal Ianello im Mittelpunkt. Pat und Mary Foster standen bei ihm. Nur Bob Horvath beobachtete noch immer Willard Ericson. »Zuerst müssen wir die Schule ständig bewachen. Das mit der Bombe wäre heute nacht nicht geschehen, wenn wir eine Wache gehabt hätten.«

Hier war etwas, das zu tun in ihren Kräften stand. Eltern, die sich um ihre Kinder Sorgen machten, wurde die Gelegenheit gegeben, wirksame Maßnahmen zu ergreifen. Begeistert boten sie ihre Hilfe an.

»Nein, laßt mich ausreden!« Sal hob die Hand. »Das muß organisiert werden. Wir haben mehr als hundert Väter, deren Kinder in unsere Schule gehen. Wir teilen Schichten ein. Dann kommt jeder dran.«

»Mütter auch!« rief eine Frau.

Grimmig redete sich Sal durch die ablenkenden Zwischenrufe. »Also schön, Mütter auch. Aber wir müssen dafür sorgen, daß die Schule jede Minute bewacht ist, Tag und Nacht. Niemand darf St. Bernadette mit Flaschen oder Päckchen betreten. Notfalls werden wir die Leute eben durchsuchen.«

»Ich hoffe bloß, daß der Bastard es noch mal versucht«, sagte ein Vater drohend. »Wenn ich dann Dienst habe . . .«

Andere Väter äußerten sich ähnlich.

»Und keine Fremden«, schlug jemand vor. »Selbst wenn sie gar nichts bei sich tragen. Nur Eltern und Lehrer werden in die Nähe der Schule gelassen.«

Bob Horvath hatte seine Treuepflicht auf Sal Ianello übertragen. Er ließ Willard Ericson stehen und rief: »Schreib mich dazu, Sal. Zu jeder Nachtzeit. Du weißt, wie die Sache anzupacken ist.«

»O nein!« Das aufgeregte Murmeln verstummte. Was sagte Sal da?

»Hört zu! Das kann nur eine zeitweilige Lösung sein. Wir können die Schule eine Woche lang bewachen oder vielleicht einen Monat. Aber nicht für immer.«

»Wir können es versuchen«, versprachen sie loyal.

»Sicher, das können wir«, stimmte Sal zu. »Aber wir wollen aus St. Bernadette kein Gefängnis machen. Wir wollen eine normale Schule haben, wie bisher. Und ich sage euch eins. Der ganze Ärger hat angefangen, weil der Kardinal die Schule verkaufen wollte. Nun, es war *eine* Sache, als es um Geld ging. Ich konnte dem Kardinal nicht zustimmen, aber ich konnte zumindest verstehen, daß sie an Dollars und Cents dachten. Aber jetzt liegt die Sache anders. Sie spielen mit dem Leben und der Sicherheit unserer Kinder. Das müssen wir ihnen klarmachen.«

Der Chor der Zustimmung war ohrenbetäubend.

»Der Kardinal muß einen Rückzieher machen. Jetzt gibt es keine andere Möglichkeit mehr. Nicht, wenn die Leute Bomben werfen. Wenn sie Geld brauchen, sollen sie doch eine andere Schule verkaufen!«

Beifall!

Sal wurde allmählich heiser. »Wir haben also zwei Ziele. Während ein paar von uns die Schule bewachen, gehen die anderen nach St. Patrick's. Wir werden denen unseren Standpunkt klarmachen, und wenn wir dabei das Hochamt sprengen müssen! Ich möchte, daß so viele wie möglich mitkommen. Alle – Männer, Frauen, Großeltern, Teenager. Ich will Monsignore Miles beweisen, daß St. Bernadette zusammenhält. Und wir erwarten, daß auch die Kirche zu uns hält!«

Sal Ianello war der Mann der Stunde.

18

Am nächsten Morgen gingen von den Flensburger Vätern nicht viele zur Arbeit. Das war nur zu erwarten gewesen. Aber die Nachwirkungen des Bombenanschlages brachten auch den Tagesablauf anderer Leute durcheinander. Es war schon nach elf, als John Thatcher sein Büro erreichte. Charlie Trinkam, der ihm im Fahrstuhl begegnete, war nahe daran, einen Witz darüber zu reißen. Aber ein rascher Blick warnte ihn rechtzeitig.

»Guten Morgen, John«, sagte Trinkam gesetzt.

»Guten Morgen, Charlie.«

Charlie entwischte ungeschoren, um die Nachricht zu verbreiten: Alle Zeichen wiesen auf einen schlechten Tag hin.

Miss Corsa hatte weniger Glück. »Guten Morgen, Mr. Thatcher«, sagte sie.

Das genügte.

»Ich weiß, daß ich einen Termin versäumt habe«, deklamierte Thatcher. »Lassen Sie mich Ihnen versichern, daß ich nicht verschlafen habe. Im Gegenteil.«

Miss Corsa enthielt sich jeden Kommentars.

»Seit dem frühen Morgen – dem sehr frühen Morgen – hat St. Bernadette mich in Atem gehalten«, sagte Thatcher und zog seinen Mantel aus. »Zuerst ein Anruf von Ericson. Dann Anrufe von der Polizei. Dann Unger und schließlich die Zeitungen. Ich habe es bereits viermal abgelehnt, für die Sloan eine Erklärung abzugeben. Außerdem habe ich Anweisung gegeben, unsere Sicherheitsvorkehrungen zu verdoppeln – wenn nicht zu verdreifachen.«

Miss Corsa kannte ihre Pflicht. »Die *New York Times* möchte ein Interview ...«

»Miss Corsa!« sagte Thatcher grimmig. »Ich habe die Nase voll von St. Bernadette, die Nase voll von katholischen Pfarreischulen und der gesamten Erzdiözese von New York! Ich werde zu diesem Thema keinesfalls Interviews geben. Wollen Sie das bitte berücksichtigen? Ich will in keiner Art, Form und Weise an St. Bernadette erinnert werden – in dem bißchen Zeit, das mir heute morgen noch bleibt! Oder, wenn Sie es einrichten können, auch für den Rest des Jahres!«

»Gewiß, Mr. Thatcher«, sagte die perfekte Sekretärin. »Kann Mr. Bowman jetzt kommen?«

»Schicken Sie ihn rein«, befahl Thatcher.

Durch einen unglücklichen Zufall war Walter nicht von Trinkam gewarnt worden. Er eilte an Miss Corsa vorbei.

»Morgen, John! Das ist eine Überraschung, was – dieser Bombenanschlag draußen in Flensburg? Gestern hätte ich noch geglaubt, daß es ein Witzbold ist, der anderen Leuten Angst einjagen will. Und dann – bäng-bäng! Allerhand. Drei große Bombendrohungen, aber wenn dann tatsächlich eine hochgeht – überhaupt keine Vorwarnung, wenn man dem Radio glauben kann. Glaubst du ...«

Zu spät bemerkte er das eisige Schweigen. Er verstummte.

»Ich denke«, sagte Thatcher frostig, »daß wir Bomben und Bombenleger am besten den Behörden überlassen. Wo ist nun die Prognose, die du mir zeigen wolltest?«

Am späten Nachmittag hatte Thatcher einen großen Teil der Versäumnisse des Morgens aufgeholt. Dies hätte Balsam für seine Seele sein sollen. Einige ungestörte Stunden lang hatte er dank Miss Corsas Abschirmung Flensburg vergessen können. Aber es war einfacher, anderen Vorschriften zu machen, als seine eigene Neugier im Zaum zu halten.

Zugegeben, ein Teil Thatchers hatte die endlosen Schwierigkeiten satt, die sich aus Ungers verwünschtem Plan ergeben hatten, St. Bernadette zu kaufen und durch ein Hochhaus zu ersetzen. Dieses bescheidene Gebäude hatte bereits mehr Zeit der Sloan beansprucht als die gesamte New Town außerhalb von Washington, D.C. – welche die Sloan ebenfalls finanzierte.

Aber in Thatchers Brust wohnte noch eine zweite Seele. Trotz seiner Wut über dieses Thema waren die Ereignisse in Flensburg doch so ungewöhnlich, daß sich in ihm der kleine neugierige Teufel regte, der ihn auch beim Anblick von Miss Corsas Blechbüchse peinigte.

Allein in seinem Büro, während die Schreibmaschine nebenan für Backgroundmusik sorgte, verschränkte er die Finger, schwang seinen Stuhl zum Fenster herum und starrte ins Leere.

Hätte er die dramatischen Ereignisse in Flensburg beschreiben sollen, so wäre das nicht mit den flammenden Adjektiven geschehen, derer sich die lokale Presse und das Fernsehen bedienten. *Unwahrscheinlich*, war das passende Wort. Proteste von seiten der Eltern waren zweifellos überall zu erwarten, wo der Verkauf einer Pfarreischule zur Debatte stand. Aber Mord auch?

Thatcher runzelte die Stirn. Außerdem war der Mord an Francis Omara das erste, aber keineswegs das gipfelnde Ereignis gewesen. Vielleicht waren in einer Welt unmittelbarer sozialer Reaktionen auch Demonstrationen moderner Katholiken auf den Stufen ihrer Kirche voraussehbar. Aber was erklärte die Sinneswandlung aufgebrachter Eltern in unzufriedene Mieter, die buchstäblich über Nacht erfolgt war? Immerhin war es von RETTET ST. BERNADETTE bis TEERT UND FEDERT SIRIUS MEEKS ein langer Weg.

Nicht zu vergessen die drei Bombendrohungen und die enorme Verwirrung und Unruhe, die sie vom Exchange Place bis zur Madison Avenue ausgelöst hatten.

Plus einer wirklichen Bombe, die nun gerade die Schule beschädigt hatte, deren Erhaltung Anlaß des ganzen Aufruhrs war.

»Ich möchte wissen, wie Flensburgs Eltern darauf reagieren?« fragte Thatcher sich selbst.

Reagieren würden sie, das wußte er. Die Flensburger Eltern waren ein wankelmütiger Haufen. Zuerst war es St. Bernadette gewesen, dann ortsfremde Hauswirte. Und jetzt, da ihre Kinder bedroht waren? Zwei zu eins, daß es wieder St. Bernadette war.

Thatcher versuchte sich schlüssig zu werden, ob das ein Schema war oder einfach ein irrwitziges Ping-pong-Spiel mit undurchsichtigen Regeln. In diesem Augenblick drang die Außenwelt ein. Mr. Withers, verkündete Miss Corsa, war am Telefon. Diesmal aus Afrika, wo er sich auf einer Safari befand. Die Nachricht von dem Bombenanschlag hatte also auch den Schwarzen Kontinent schon erreicht. Der reisende Präsident der Sloan erkundigte sich, ob die Lage der Dinge seine Anwesenheit nicht erforderlich machte.

»Nein, nein«, versicherte Thatcher seinem Chef. »Wir haben die Sache in der Hand. Kein Grund, deine Reise abzubrechen. Und – ähem – Waidmannsheil.«

Thatcher hängte ein. Plötzlich schwang er wieder auf seinem Drehstuhl herum und betrachtete das diesige Wetter. Walter Bowman hatte von Verschleierung gesprochen.

Paßte das auf St. Bernadette? Mord, Aufruhr, Bombenanschläge?

Was, wenn das beabsichtigte Effekte waren? Wenn das Schema, das er vorhin entdeckt hatte, *der* Anhaltspunkt war: St. Bernadette – Hauswirte – St. Bernadette?

Ein Bankier, dachte Thatcher, mochte eine gute Erklärung für ein solches Schema haben – eine bessere als die Polizei.

Und zweifellos machte es einem Bankier keine Schwierigkeiten, diese Hypothese zu prüfen.

Er drückte auf die Sprechtaste.

»Miss Corsa«, sagte er, »lassen Sie alles stehen und liegen. Ich muß ein paar Anrufe machen.«

Miss Corsa fand ihn tief in Gedanken versunken.

»Mal sehen«, sagte er und versuchte sich zu erinnern. »Zuerst der Maklerverband. Dann muß ich diesen Kavanaugh erreichen. Er hat ein Schokoladengeschäft in Flensburg. Und dann – möglicherweise – könnten Sie Mrs. Omara anrufen.«

Als er seine Anweisungen gegeben hatte, warf Miss Corsa ihm

einen langen, abschätzenden Blick zu. »Was haben Sie vor, Mr. Thatcher?«

Es gab mehrere Möglichkeiten. »Ich muß mit zwei Leuten reden. Fangen wir mit dem an, der am greifbarsten ist.« Sie sah fragend auf.

»Monsignore Miles«, sagte er. »Würden Sie sich erkundigen, ob er heute nachmittag Zeit für mich hat?«

Eine seiner Fragen wurde beantwortet, bevor Thatcher an der Ecke Madison und Fünfzigste aus dem Taxi kletterte. Die Bombe in St. Bernadette hatte Flensburg erneut zum Brodeln gebracht.

»Sieh mal an!« rief der Taxifahrer. »Gerade sind sie die Totengräber losgeworden, die die Residenz des Kardinals belagert haben, und jetzt das!«

Dreihundert Mütter und Väter paradierten feierlich vor St. Patrick's und der Chancery. In Viererreihen schritten sie die Form einer riesigen Acht ab. Da sie dabei die Madison Avenue mehrmals überqueren mußten, brachte dies den Verkehr ebenso wirksam zum Erliegen, wie es am Tag zuvor die Feuerwehrwagen und Polizeiautos geschafft hatten.

Noch während Thatcher und der Taxifahrer zusahen, eilte Polizei herbei. Aber die Flensburger Eltern ließen sich nicht mit Genehmigungen und Verkehrsregelung behelligen. Hausgemachte Transparente verkündeten das neue Feuer in der Seele der Flensburger Gemeinde:

KINDER SIND DIE OPFER
IST GELD KOSTBARER ALS BLUT?
KEIN ZOLL AN MENSCHENLEBEN!

New York war Zeuge größerer, leidenschaftlicherer Demonstrationen gewesen. Dennoch machten die Männer und Frauen Flensburgs einen Eindruck, der weit über ihr zahlenmäßiges Aufgebot hinausging. Selbst zufällige Passanten konnten sehen, daß dieser Aufmarsch nicht aus Übermut stattfand. Jedem der Marschierenden war es bitter ernst. Viele der entschlossenen Gesichter, die vor dem Taxi vorbeiliefen, kamen Thatcher entfernt bekannt vor.

»Das muß man diesen Katholiken lassen«, sagte der Taxifahrer. »Sie halten zusammen!«

So deutete Thatcher diese geeinte Opposition gegen Joseph, Kardinal Devlin und die Hierarchie der Erzdiözese nicht. Aber er wußte, was der Fahrer meinte.

Die Prozession symbolisierte ein tiefes, gemeinsames Anliegen. Da war zum Beispiel, in einer Reihe mit mehreren anderen Frauen, Mary Foster, ebenso entschlossen wie die anderen. Flensburg war nicht mehr in zwei Läger gespalten.

»Nicht, daß ich was dagegen hätte«, sagte der Taxifahrer und verstaute ein beträchtliches Trinkgeld. »Eine verdammte Schweinerei ist das. Bomben auf kleine Kinder zu werfen!«

Thatcher ließ ihn fahren ohne anzumerken, daß eine kleine Bombe mitten in der Nacht wohl kaum eine größere Gefahr für Schulkinder darstellte. Das beispiellose Ereignis war zu beeindruckend.

Monsignore Miles sprach es aus. »Sie sind aufgebracht und wütend. Und in erster Linie fürchten sie die Sicherheit ihrer Kinder. Wie wir alle.«

Schweigend hörte Thatcher zu. Miles beispielhafte Selbstbeherrschung geriet ins Wanken.

»Aber wohin wird dieser Irrsinn noch führen?« fragte er plötzlich. »Ich bin fast versucht zu glauben, daß der Satan in Flensburg seine Hand im Spiel hat. Die letzte Entwicklung ist einfach – teuflisch!«

Thatcher wußte, daß das wörtlich gemeint war.

Miles entschuldigte sich. »Aber Sie sind nicht hergekommen, um sich unsere Sorgen anzuhören. Was kann ich für Sie tun, Mr. Thatcher?«

Sorgfältig erklärte Thatcher es ihm.

Miles Gesicht wurde eine ausdruckslose Maske.

»Francis Omara?« wiederholte er langsam. »Ja, natürlich ...«

Er hielt inne. Thatcher schwieg. Jetzt war keine Zeit für Erklärungen. Ohne weiteres Zögern gab Miles Thatcher die Beschreibung, die dieser verlangt hatte.

Thatcher nickte nachdenklich. Als er aufsah, waren erschreckend kluge Augen auf ihn gerichtet.

»Ich möchte nichts überstürzen«, sagte er. »Aber mir ist da etwas Vages eingefallen. Bevor ich mehr sagen kann, brauche ich eine Bestätigung meines Verdachts.«

»Ja«, seufzte Miles schmerzlich. »Wenn es doch nur Irrsinn gewesen wäre.«

»Leider«, sagte Thatcher und machte diese Hoffnung zunichte, »ist Habgier eine wesentlich häufigere Eigenschaft.«

Er ließ einen tief bestürzten Mann zurück. Was menschliche

Schwächen betraf, waren Bankiers eben nicht die einzigen Realisten.

Unruhig erhob sich Miles und trat zum Fenster. Er kam gerade rechtzeitig, um zu beobachten, wie sein scheidender Gast in den Hof trat. Während er ihm nachblickte, kam die große Elternschlange von neuem um die Ecke und schob sich an den Toren der Chancery vorbei.

Miles kniff die Augen zusammen. Thatcher war vorgetreten und sprach einen der Marschierenden an. Kurze Zeit später waren die beiden ins Gespräch vertieft.

Miles maß die Gestalt mit Blicken. War es jemand, den er kannte?

Thatchers Begleiter wandte sich halb um. Miles hielt den Atem an.

Das Gesicht war ihm in der Tat gut bekannt.

Es war schon nach fünf, als Thatcher schließlich zur Sloan zurückkehrte. Viele Fragen waren beantwortet worden. Er wußte, wer Francis Omara umgebracht hatte – und warum. Nur ein Problem blieb noch zu lösen. Wo war der Beweis?

Er entdeckte ihn auf Miss Corsas Schreibtisch.

Sie war bereits gegangen, aber ihre ordentlichen Notizen hatte sie zurückgelassen. In vieler Hinsicht bestätigten sie das Offensichtliche. Aber Miss Corsa hatte sich, nicht zum erstenmal, nicht damit begnügt, seine Anweisungen auszuführen. Sie hatte nicht nur mit Kathleen Omara telefoniert, sondern auch die Fahrt nach Flensburg nicht gescheut. Das Ergebnis waren zwei Schecks auf ihrem Schreibtisch, auf zwei verschiedene Empfänger ausgestellt.

Beide waren unterschrieben – mit Francis P. Omara.

Thatcher betrachtete sie betrübt. Dann streckte er die Hand nach dem Telefon aus.

19

»Ich weiß nur, daß Mary Foster Frank Omara umgebracht hat«, sagte Sal Ianello. »Aber ich glaube, ich habe das Recht, mehr zu erfahren.«

Sals Augen waren so dunkel und aufmerksam wie immer. Aber Tage unablässiger Verhandlungen hatten auf seinem Gesicht ihre Spuren hinterlassen. Von Zeit zu Zeit öffnete er den Mund zu einem krampfhaften, gewaltigen Gähnen.

»Ich bin durchaus bereit, Ihnen alles zu sagen, was ich weiß«, erwiderte John Thatcher. »Aber sollten wir damit nicht lieber warten, bis Sie ein paar Stunden geschlafen haben?«

»Sofort!« sagte Sal ohne Umschweife. Er verschwendete seine letzten Energien nicht an lange Sätze. »Kommen Sie doch auf eine Tasse Kaffee und einen Brandy zu uns. Wir wohnen nur zwei Blocks weiter oben.«

Pat Ianellos Instinkte als Gastgeberin regten sich. Sie war beinahe ebenso müde wie ihr Mann. »Sollten wir Mr. Ericson nicht auch bitten? Nur um ihm zu beweisen, daß wir nichts nachtragen?«

»Das habe ich schon versucht«, erwiderte Sal. »Aber ich glaube nicht, daß er im Augenblick viel für mich übrig hat.«

»Dann können wir ja gehen.«

Thatcher, Dick Unger und die Ianellos verließen den Gemeindesaal von St. Bernadette. Dort hatte der Elternverband nach tagelangen Verhandlungen hinter verschlossenen Türen ein Übereinkommen unterzeichnet. Sie frohlockten alle. Die St. Bernadette-Schule würde weiterbestehen. Ungers Hochhaus würde sich bald erheben. Und die Sloan würde das Geld dafür geben. Niemand hatte das erreicht, worum er ursprünglich gekämpft hatte, aber alle begannen zu vermuten, daß sie so viel besser wegkamen.

Selbst Thatcher war fast in freudiger Stimmung. Er hatte die Verhandlungen mit dem Versprechen einer höheren Summe abgeschlossen. Der Elternverband hatte Beifall gespendet. Auf dem Weg nach draußen hatten ihm völlig Fremde auf die Schulter geklopft und ihm gratuliert.

Seit Mary Fosters Festnahme waren sechs Tage vergangen. Ihr Geständnis hatte das letzte, fehlende Glied der Kette geliefert. Das Erzbistum, der Elternverband, die Polizei und selbst die Unger Realty taten alles, um die Wunde zu heilen, die der Entschluß, St. Bernadette zu verkaufen, geschlagen hatte.

Verhandlungen hatten augenblicklich begonnen. Jedem Anzeichen nachlassender Aktivität oder Mutlosigkeit war mit Direktiven aus Rom, dem Rathaus oder dem Maklerverband begegnet worden. Die maßgeblichen Stellen verlangten eine Lösung, und sie wurde gefunden. Gleichzeitig legte sich ein Schleier des Schweigens über Mary Foster. Die Presse bemühte sich, gab aber auf, als sie entdeckte, daß sämtliche Informanten in einem Konferenzzimmer der städtischen Schlichtungsbehörde eingeschlossen waren. Vierundzwanzig Stunden lang.

Pat Ianello kam mit einem Tablett voller Kaffeetassen herein, und während Sal mit einer Flasche die Runde machte, stellte sie die erste Frage.

»Stimmt es, daß Mary in der Kirche verhaftet worden ist?« fragte sie ungläubig. »Ich dachte, das könnte man gar nicht.«

Thatcher nahm die Zuckerdose, die ihm gereicht wurde. »Nein, nicht in der Kirche. Sie war im Pfarrhaus. Sie hat ein übriges getan und der Polizei eine Nachricht hinterlassen, wo sie zu finden war.«

Für Sal war dies alles neu. »Wollen Sie sagen, sie wußte, daß sie verhaften werden würde? Woher?«

»Weil ich mit Monsignore Miles in der Chancery gesprochen habe, bevor ich unten in der Madison mit Ihnen redete. Ich versuchte, meine Fragen so neutral wie möglich zu halten. Trotzdem hat er erraten, worauf ich abzielte. Als ich für meinen Verdacht genügend Beweise erbracht hatte, um die Polizei zu holen, hatte er sich bereits mit Father Doyle in Verbindung gesetzt. Father Doyle hat Mrs. Foster natürlich angesprochen, als sie von der Demonstration zurückkam. Sie gingen gemeinsam zur Kirche und warteten dann im Pfarrhaus auf die Polizei. Es muß eine schwere Aufgabe für Father Doyle gewesen sein.«

Thatcher dachte an die Totenrede, die der Priester bei der Beerdigung Francis Omaras gehalten hatte. Erst hatte er einen Mann begraben müssen, den er hatte aufwachsen sehen. Dann nahm er einer Mörderin, einem weiteren Mitglied seiner Gemeinde, die Beichte ab.

Pat Ianello schüttelte den Kopf. »Dafür ist ein Priester da, Mr. Thatcher. Father Doyle weiß das.«

Glücklicherweise wollte ihr Mann keine Zeit an Gemeinplätze verschwenden. »Natürlich mußte er Mary die Beichte abnehmen. Aber warum hat sie es getan? Das will ich wissen.«

Thatcher wandte sich wieder den Dingen zu, von denen er eine Ahnung hatte. »Francis Omara hat es uns fast wörtlich gesagt. Er sprach davon, daß jemand aus dem Verkauf der Schule Geld schlagen wollte.«

»Das habe ich nicht vergessen. Ich glaubte sogar zu wissen, was er gemeint hatte, als Ericson diesen Mieterkreuzzug begann.« Sal Ianello hatte den Anstand, entschuldigend dreinzublicken. »Es wäre mir peinlich, jetzt sagen zu müssen, was ich damals gedacht habe.«

»Sie waren keineswegs der einzige. Die Polizei hat ungefähr dieselben Schlüsse gezogen«, versicherte Thatcher ihm. »Ihnen wurde klar, daß eine Reihe von Vorfällen wie der vor den UN manche Hauswirte veranlassen würde, ihre Häuser unter Wert zu verkaufen. Sie fragten sich, ob Omara umgebracht worden war, um den Beginn des Mieterfeldzugs zu beschleunigen. Noch während sie versuchten, diese Theorie zu erhärten, störte ich mich an den zeitlichen Umständen. Wenn die Polizei recht hatte, mußte Francis Omara Unrat gewittert haben, lange bevor etwas Konkretes geschehen war. Außerdem überschritt die Berichterstattung über die UN Plaza bei weitem das, was man normalerweise hätte erwarten können. Bob Horvaths Hauswirt hätte woanders wohnen, die arabischen und israelischen Demonstranten hätten anders reagieren können. In dieser Woche hätte es eine andere rührende Story geben können, neben der Flensburg verblaßt wäre. Es gab einfach zu viele Zufälle. Und ohne Publicity hätte der Protest gegen Sirius Meeks keine Verkaufspanik ausgelöst. Dann«, – Thatcher lehnte sich vorwurfsvoll vor, »als ich über diese Widersprüche nachdachte, fiel mir wieder etwas ein, das Sie mir mal erzählt hatten.«

»Was *ich* Ihnen erzählt hatte?« Sal Ianello konnte es nicht glauben.

»Ja. Sie haben mir mal erzählt, daß Mr. Kavanaugh ein Angebot für seinen Laden abgelehnt hat. Und mehr noch, sie erzählten mir das an dem Abend, als Ericson seine Kampagne startete. Offenbar war also am Jackson Boulevard schon jemand als Grundstückskäufer aktiv.«

Dick Unger setzte seine Kaffeetasse ab und wurde aufmerksam. »Das interessiert mich jetzt aber.«

»Ihnen sollte ich das nicht zu erzählen brauchen«, sagte Thatcher streng. »Schließlich sind Sie es gewesen, der von Anfang an gesagt hat, daß das neue Hochhaus die Grundstückspreise in die Höhe treiben würde. Und das stimmte auch – bis der Elternverband vor Gericht ging und sich auf einen langen Kampf vorbereitete. Da konnten die Besitzer der kleinen Geschäfte sich ausrechnen, daß zwei oder drei Jahre vergehen würden, bis diese Wertsteigerung eintrat. Viele von ihnen konnten nicht so lange warten. Sie wollten sofort verkaufen und nehmen, was sie kriegen konnten.«

Pat Ianello starrte in ihre Tasse. »Mary hat mir gesagt, daß wir uns nur auf einen Aufschub von höchstens zwei Jahren Hoffnung machen könnten. Und daß ihr das für ihr Vorhaben genügte.«

»Genau. Das hat sie allen Leuten erzählt. Als dann die Eigentümer pessimistisch genug waren, kaufte sie zwei Gebäude auf – insgesamt sechs Geschäfte und die darüberliegenden Wohnungen – und bemühte sich um Kavanaughs Laden. Sobald sie alle Grundstücke billig hatte, hinter denen sie her war, wollte sie vermutlich den Elternverband entmutigen. Sie hätte die Gefahren einer Spaltung der Gemeinde hervorgehoben, hätte ihre Meinung über den Kardinal geändert, hätte die Sinnlosigkeit weiteren Widerstandes eingesehen. Dann wäre das Hochhaus gebaut worden, und sie hätte ein erkleckliches Sümmchen daran verdient.«

Dick Unger war mit fachmännischen Kalkulationen beschäftigt. »Das hätte sie, weiß Gott! Haben Sie eine Ahnung, wieviel Kapital sie besaß?«

»Zweiundzwanzigtausend«, sagte Thatcher.

»Mit den richtigen Hypotheken – mein Gott!« Unger pfiff leise durch die Zähne. »Sie wäre bestimmt auf siebzig oder achtzigtausend gekommen. Mit ein bißchen Glück vielleicht sogar auf hunderttausend. Nicht schlecht!«

Sal und Pat interessierten sich nicht für hypothetischen Profit. »Aber wie ist Frank dahintergekommen?« fragte Sal. »Ich nehme doch an, daß Mary ihn deswegen umgebracht hat?«

»Ich glaube zu wissen, was seinen Verdacht als erstes erregt hat.« Thatcher griff in die Tasche und zog zwei Fotokopien heraus. »Mit diesen Schecks ist in den beiden letzten Monaten die Miete für das Hauptquartier Ihres Elternverbandes bezahlt worden. Die Polizei hat die Originale.«

Dick Unger setzte sich zu den Ianellos an den Couchtisch. »Am ersten Februar zahlte er die Miete an die Firma Cedar Realty. Am ersten März an die Indian Head Realty. Klar, da wußte er natürlich, daß das Haus verkauft worden war.« Unger nickte weise. »Und ich nehme an, daß er auch mit dem Mietern der umliegenden Läden geschwatzt hat, während er im Hauptquartier saß.«

»Die Polizei hat bereits herausgefunden, daß er mit dem Bäcker und dem Blumenbinder gesprochen hat. Sie zahlten jetzt beide ihre Miete an die Indian Head Realty. Vergessen Sie nicht, Omara war ein Geschäftsmann. Als nächstes mußte er herausfinden, wem die Indian Head gehörte. Und das erfuhr er kurz vor dem Treffen, an dem wir alle teilgenommen haben. Darum war er so aufgebracht. Ihm war klar geworden . . .«

Thatcher hielt inne, als Sal Ianello sich heftig an die Stirn schlug.

»Jesus Christus!« rief Sal. »Darum hat Mary sich also bereit erklärt, die Miete für das Hauptquartier selbst zu übernehmen!«

Pats Augen blitzten. »Und uns gegenüber hat sie so getan, als sei es Großzügigkeit. Dabei hatte sie nur Angst, daß wir herausfinden könnten, was Frank entdeckt hatte.«

»Mrs. Foster war eine sehr skrupellose Frau.« Thatcher verstand den Zorn der Ianellos. Niemand stellte gerne fest, daß er hinters Licht geführt worden war. »Francis Omara dagegen wollte ihr noch eine Chance geben. Sie waren ungefähr im selben Alter und hatten einander ein Leben lang gekannt.«

»Sie sind gemeinsam in St. Bernadette gewesen«, sagte Pat traurig.

»Und sie haben gemeinsam für den Elternverband gearbeitet. Er hat es nicht über sich gebracht, sie öffentlich zu beschuldigen, ohne ihr Gelegenheit zu geben, sich zu rechtfertigen. Sie aber benutzte diese Gelegenheit, ihn umzubringen.«

Einen Augenblick lang herrschte Schweigen. Sal Ianello stand auf und füllte die Gläser nach. Jetzt erst sah er die zwei unbenutzten Tassen auf dem Tablett. Er war dankbar für die Möglichkeit, über etwas anderes reden zu können.

»Wer kommt denn noch?«

Seine Frau antwortete automatisch. »Oh, ich hab Bob und Ruthie gesagt, sie könnten vorbeischauen, wenn sie einen Babysitter finden.« Dann schauderte sie voller Abschau zusammen und richtete sich kampfeslustig auf. »Ich bin froh, daß man ihr auf die Schliche gekommen ist. Es ist so unfair! Ein Mensch wie Frank wird umgebracht, weil Mary auf einfache Weise zu Geld kommen wollte.«

»Aber danach waren die Dinge für Mrs. Foster nicht mehr so einfach«, sagte Thatcher. »Nachdem sie Omara wegen ihrer Grundstücksspekulation umgebracht hatte, wollte sie jedermanns Aufmerksamkeit mit den gemeinnützigen Aspekten von St. Bernadette ablenken. Aber das Schicksal hatte sich gegen sie verschworen. Zuerst erschien Mrs. Kirk auf der Bildfläche und brachte ihre Argumente für eine Ausweitung der Aktion vor. Dann lud Unger Sie alle ein, das Projekt zu besichtigen, das er gerade fertiggestellt hatte. Soviel ich weiß, war Mrs. Foster dagegen?«

»Und wie!« sagte Pat, die sich etwas entspannt hatte.

»Aber das hat Sie und Ihren Mann nicht davon abgehalten, hinzufahren und mit eigenen Augen zu sehen, was man aus Häusern wie denen am Jackson Boulevard machen kann.«

»Mein Gott!« sagte Sal betroffen. »Das hätte ich selber kapieren müssen.«

»Aber es war noch gar nichts, verglichen mit Willards Ericsons Spektakel. Bevor sie überhaupt Zeit zum Nachdenken hatte, organisierte er den Mieterprotest. Nach dem Erfolg in der UN Plaza proklamierten er und Bob Horvath, daß sie den Schleier der Anonymität von jedem ortsfremden Hauswirt reißen würden. Mrs. Foster war alles andere als auf den Kopf gefallen. Ihr wurde klar, daß es nur eine Frage der Zeit war, bis auch die Indian Head Realty eine Zielscheibe der Angriffe werden würde. Sie mußte den Mieterkreuzzug in seinen Anfängen ersticken. Und dafür entwickelte sie einen zweifellos wirksamen Plan.«

Dick Unger knirschte mit den Zähnen. »Eine Bombendrohung bei uns.«

»Weit mehr als das«, fügte Thatcher frostig hinzu. »Zuerst stellte sie die Sloan Guaranty Trust auf den Kopf. Dann die Unger Realty und die Chancery. Aber das waren alles nur Mittel, um Zeit zu gewinnen. Ihr Ziel war stets der Elternverband und seine Aktivitäten. Dafür brauchte sie mehr als eine Drohung. Also ließ sie in St. Bernadette eine richtige Bombe hochgehen. Sie wissen ja selbst, wie erfolgreich sie damit war. Innerhalb von wenigen Stunden hatte sie Ericson aus seiner tonangebenden Position gedrängt, jeden Gedanken an ortsfremde Hauswirte ausgelöscht und alle damit beschäftigt, die Schule zu bewachen und nach St. Patrick zu marschieren.«

»Und ich habe ihr noch dabei geholfen«, sagte Sal finster.

Pat drückte seinen Arm. »Mach dir nichts draus, Sal. Da Mary mittlerweile zu allem bereit war, hast du nur das Richtige getan. Sie wäre wahrscheinlich fähig gewesen, auch noch die erste Klasse in die Luft zu sprengen, wenn du nicht jedermann organisiert hättest.«

»Eben die Tatsache, daß sie die Schulkinder *nicht* gefährdet hat, lenkte die Aufmerksamkeit der Polizei auf die führenden Mitglieder des Elternverbandes. Ihnen wurde klar, daß der Bombenleger die Sache so arrangiert hatte, um so wenig Schaden wie möglich anzurichten.«

Unger dachte darüber nach. Er lebte immer auf, wenn der Verdacht der Polizei in eine andere Richtung ging. »Sie meinen, weil die Bombe in der Nacht gelegt wurde, als kein Unterricht war?«

»Mehr als das.« Peinlich genau hakte Thatcher Punkt für Punkt ab. »Erstens war der Zeitpunkt ungefährlich. Dann wurde die Bombe im Anbau gelegt, wo ein Schaden die Weiterführung des Unterrichts nicht behindert. Wie Sie wissen, wurde die Schule am nächsten Morgen wie gewöhnlich geöffnet. Drittens war die Zündschnur so kurz, daß die Gaskonzentration erst minimal sein mußte. Ich könnte auch hinzufügen, daß die Benutzung des Herdes in der Teeküche auf eine Frau hinwies. Zweifellos würden alle Mütter, die während des Essens die Kinder beaufsichtigten, sofort an den Herd denken, wenn sie eine Explosion planten. Und obendrein war die Beanoparty ein ausgezeichnetes Alibi für Marys Anwesenheit auf dem Gelände. Sie ließ einfach ein Spiel aus, bereitete alles vor, setzte die Zündschnur in Brand und saß wieder am Tisch, als die Explosion erfolgte.«

»Alles, was Sie gesagt haben, weist auf eine Frau hin«, sagte Pat Ianello. »Auf eine Frau, ein Gemeindemitglied von St. Bernadette und wahrscheinlich ein Mitglied des Elternverbandes. Das trifft auch alles auf mich zu. Wie sind Sie darauf gekommen, daß es Mary Foster war?«

»Durch das Grundbuch«, antwortete Sal. »Dir gehört die Indian Head Realty nicht. Pech gehabt!«

»Das Grundbuch bestätigte nur meinen Verdacht«, fügte Thatcher ruhig hinzu. »Nachdem ich mit Monsignore Miles und Ihnen gesprochen hatte, konnte ich mir schon denken, wer der Besitzer sein würde.«

»Also schön«, sagte Sal fröhlich, »einer muß die dumme Frage ja stellen. Was haben wir Ihnen denn verraten?«

»Monsignore Miles hat mir von seiner letzten Unterhaltung mit Francis Omara erzählt. Omara hatte gesagt, es sei schrecklich, wenn einer den anderen ausnutze, weil es beide erniedrige. Er war sehr verstört.«

Unger schien nicht zufrieden. »Das ist doch nichts Neues. Er hat uns allen auf dem Treffen gesagt, daß jemand den Elternverband ausnutzt.«

»Sie sehen den Unterschied nicht. Als er mit Monsignore Miles sprach, betonte er die persönlichen Bindungen. Er war aufgebracht, weil *er* ausgenutzt wurde.«

»Verstehe«, sagte Sal aufgekratzt. »Aber wo ist da der Unterschied? Und was habe ich Ihnen gesagt?«

»Sie wiederholten, was Sie mir früher schon einmal erzählt hatten. Daß es in Wirklichkeit Mary Foster gewesen ist, die den

Elternverband ins Leben gerufen hat, daß sie Frank Omara überredet hat, den Vorsitz zu übernehmen. Ich glaube, Sie haben das Ausmaß von Marys falschem Spiel noch nicht ganz erfaßt. Sie hat den Elternverband nicht nur zu ihren Gunsten ausgenutzt, sie hat damit überhaupt nur zu dem Zweck angefangen, Profit zu machen. Und sie hat Omara von Anfang an hinters Licht geführt. Deshalb sind auch alle Leute bemüht, die Sache ohne großes Aufheben zu klären. Weder die Kirche noch sonst jemand sind besonders glücklich über diesen Ursprung des Elternverbandes.«

Sal Ianello war es bestimmt nicht. Sein Murmeln ließ darauf schließen, daß er seine Meinung über Mary Foster gründlich revidiert hatte.

»Monsignore Miles muß ganz schön fix gewesen sein, um zu erkennen, worauf Sie hinauswollten«, sagte Pat bewundernd. »Ich hätte nie genug begriffen, um gleich Father Doyle zu alarmieren.«

»Er hat ein feines Gespür für Unterschiede, so, wie Omara sie gemacht hat. Er erkannte auch ein Motiv für den Mord an Francis Omara. Sie sagten gerade, daß einige der Voraussetzungen, die zur Entlarvung des Bombenlegers führten, auch auf Sie zutrafen, Mrs. Ianello. Aber vergessen Sie nicht, daß Grundstücksspekulation an sich noch kein Verbrechen ist. Monsignore Miles selbst hat darauf hingewiesen, als er Unger gegen die Anschuldigung von Profitgier verteidigte. Wenn Sie achtzigtausend Dollar auf eine Weise verdienen, die Flensburg nicht paßt, gibt es noch lange keinen Grund, warum Sie das stören sollte. Sie sagten selbst, daß Sie vermutlich in ein, zwei Jahren wegziehen werden. Aber bei Mary Foster war das anders. Sie war eine ehrgeizige Frau mit einer politischen Zukunft. Ich vermute, daß sie das Geld für ihre Wahlkampagne brauchte. Wenn sie für größere, einflußreichere Ämter kandidieren wollte, war sie auf Flensburg und das Urteil seiner Bewohner angewiesen. Nur so konnte sie gewinnen. Und dann hatte sie gerade das Haus ihrer Mutter geerbt. Daher kam das Kapital. Sie hat es vor zwei Monaten verkauft.«

»Ich nehme an, Monsignore Miles hat alle möglichen Verbindungen«, sagte Sal Ianello. »Beim Ortsvorstand der Partei konnte er alles über Mary erfahren.«

»Monsignore Miles hatte noch einen anderen Hinweis. An dem Abend, als er mit Omara sprach, war Mary Foster ebenfalls dabei. Zu dieser Zeit befand sich das Entschlüsselungsschema für die Fragebogen noch in Omaras Besitz. Mary behauptete, daß sie an diesem Abend noch Broschüren verteilt hätte und dann nach Hause gegangen wäre. Aber später hatte sie das Schema in ihrem Haus. Natürlich war sie zum Laden zurückgekehrt und hatte den Bogen zur Argumentation benutzt, als Omara sie zur Rede stellte. Nachdem sie ihn umgebracht hatte, vergaß sie, das Schemablatt auf den Tisch zu legen.«

Pat seufzte niedergeschlagen. »Es ist eine schreckliche Geschichte. Ich verstehe, warum alle Leute sie verschweigen wollen. Aber können sie es? Wird beim Prozeß nicht alles rauskommen?«

Auch diese Frage konnte Thatcher beantworten. »Nein. Mrs. Foster hat auf Totschlag plädiert. Sie legt nicht mehr Wert als andere darauf, die Sache publik zu machen. Sie behauptet, daß sie nie die Absicht hatte, Omara umzubringen. Als Omara sie so plötzlich beschuldigte, habe sie einfach die Nerven verloren.«

»Pah«, sagten die Ianellos gleichzeitig.

Eine Antwort wurde überflüssig. Auf der Treppe kündeten schwere Schritte und eine laute Stimme die Ankunft der Horvaths an. Sie platzten herein, nahmen Erfrischungen entgegen und entschuldigten sich für die Verspätung.

»Es hat länger gedauert, als ich dachte, bis ich die Kinder im Bett hatte«, sagte Ruthie erklärend.

»Die Wohnung ist nicht groß, aber wir werdens schon irgendwie schaffen«, fügte Bob hinzu.

Unger und Thatcher begriffen nicht.

»Wir haben Mary Fosters Kinder zu uns genommen«, erläuterte Ruthie. »Bis es Larry wieder besser geht.«

Bobs Lachen ließ die Gläser klirren. »Hör schon auf, Ruthie! Wem willst du was vormachen?« spottete er. »Larry Foster wird schon dafür sorgen, daß es ihm erst dann besser geht, wenn auch das letzte der Kinder verheiratet ist.«

Ruthie machte keinen Versuch, das abzustreiten. Statt dessen sagte sie: »Father Doyle meint, daß das mit Mary nie passiert wäre, wenn Larry sich anders verhalten hätte.«

Bob reckte sich. »Er war schon immer ein Tunichtgut. Von mir aus können die Kinder bei uns bleiben. Aber ich konnte nicht zu dem Treffen kommen. Was haben Sie beschlossen?«

Sal deutete auf Dick Unger. »Er ist der Experte. Er wirds Ihnen sagen.«

Gehorsam erklärte Dick. Statt zwanzig Stockwerke würde das neue Hochhaus zweiundzwanzig haben. In den beiden untersten sollte die neue Pfarreischule von St. Bernadette untergebracht werden. Für ihre Unterhaltung und Einrichtung würde die Hausverwaltung sorgen – die Unger Realty.

Bob Horvath klapperte mit den Augendeckeln. Dann sagte er: »Ich bin zwar kein Fachmann oder so. Von unserem Standpunkt aus klingt das natürlich fabelhaft. Aber wer will schon eine Wohnung über einer lauten Schule mieten? Jesus, der einzige Zweck der Schule ist es doch, die Kinder loszuwerden.«

Dick Unger hatte einen Gleichgesinnten gefunden. »Das habe ich ja auch gesagt. Glauben Sie mir, wirklich, es war nicht meine Idee.« Er funkelte Sal Ianello an.

Sal und Pat lachten.

Unger konnte den Mund nicht halten. »Fünf Tage lang haben wir geredet und geredet – ohne Erfolg. Dann hatte Ianello diesen Geistesblitz. Aber kommt er zu mir? Geht er zum Monsignore? Verdammt noch mal, nein!«

»Zu wem denn?« erkundigte sich Horvath.

Unger explodierte. »Meinen Vater hat er angerufen! In einem Ferngespräch haben die beiden das ausgehandelt! Dad sagt, daß ich die moderne Eltern von heute nicht verstehe. Sie haben Angst, daß ihre Kinder sich erkälten, wenn sie im Regen weit in die Schule laufen müssen. Er sagt, dann können wir die Mieten für die Wohnungen erhöhen!«

»Sie machen wohl Witze.« Bob Horvath gab nicht mal vor, die Sache zu verstehen.

John Thatcher lächelte über dieses Vorspiel kommender Konfrontationen. Er hob sein Glas.

»Auf die neuen Mieter über St. Bernadette!« sagte er. »Ich bin gespannt, wie Flensburgs Eltern mit ihrer Hausschule auskommen werden!«